Stimme

 **Celince**

© 2023 Sabahattin Ali

Übersetzt von: Ince
Sprache der Originalausgabe:
Verlagslabel: Celince
ISBN Softcover: 978-3-384-03012-2

Druck und Distribution im Auftrag:
tredition GmbH,
 Heinz-Beusen-Stieg 5,
22926 Ahrensburg,
Germany

Sabahattin Ali

STIMME

Stimme

Der Lastwagen, der uns von *Beyşehir* nach *Konya* brachte, hatte in einer Meerenge namens *Barsakderesi* eine Panne. Der Fahrer und sein Assistent öffneten die Motorhaube. Sie nahmen ihre Sitzmatte heraus, auf dem sie saßen, und verteilten eine Reihe von Werkzeugen, die sie darunter hervorholten.

Danach begann eine stundenlange Reparatur. Manchmal krochen beide unter die Maschine, legten sich auf den Rücken und untersuchten den unteren Teil des Motors mit den Händen. Manchmal trat einer auf das Gaspedal und ließ den Motor laufen, während der andere dabei einige mit Porzellankappen versehene Teile bewegte. Unter der Nachmittagssonne war das mit Plane bedeckte Lastwagen unerträglich geworden. Die Fahrgäste sprangen einer nach dem anderen ab und verteilten sich.

Einige beobachteten den Fahrer neugierig und sobald er den Kopf ein wenig vom Motor hob, um eine Pause zu machen, fragten sie aufgeregt:

"Fertig?"

Mit ein paar weniger neugierigen Fahrgästen, meinem Freund und mir, gingen wir auf die Westseite der Schlucht an einen schattigen Platz, setzten uns auf die

Steine und schauten uns um, während wir warteten. Ein Stück weiter vom Standort unseres Lastwagens entfernt, am Straßenrand, befanden sich zwei Zelte und ringsum ein paar Spaten und Schaufeln sowie eine Schubkarre. Weiter entfernt konnte man eine Anzahl von Straßenarbeitern sehen, die damit beschäftigt waren, Steine zu zerkleinern und Sand zu transportieren.

Als die Sonne hinter dem Hügel verschwand, warf sie ein immer röter werdendes Licht auf die Kiefern, die auf dem gegenüberliegenden Hügel verstreut waren, und hinterließ das Tal in rasch zunehmender Dämmerung.

Es war ein kühler Frühlingstag und der kleine Fluss in der Mitte begann leise Geräusche zu machen. Einige Autos und Lastwagen kamen vorbei. Sie hielten kurz neben unserem Lastwagen an und fragten den Fahrer, ob er etwas brauchte. Ein Lastwagen mit freien Plätzen nahm zwei unserer weiblichen Passagiere mit, die immer unruhiger wurden und ständig den Fahrer anmaulten, und brachte sie nach Konya. Die anderen Passagiere saßen in Gruppen, erzählten Geschichten.

Ein älterer Mann mit einem Holzbein, der uns erzählt hatte, dass er in einem nahegelegenen Dorf einen Lebensmittelladen besaß, stand auf, ging zum Fahrzeug, schulterte seinen Sack und machte sich auf den Weg, nachdem er den Fahrer mit einigen Schimpfworten bedacht hatte.

Es war bereits tief in der Nacht. Die Straßenarbeiter kehrten zu ihren Zelten zurück und begannen, Feuer zu machen. Unser Lastwagen stand still wie ein gewaltiger toter Tierkörper am Straßenrand.

Der Fahrer und sein Assistent, in Öl und Erde gehüllt, mit schwarzem Schweiß auf ihren Gesichtern, saßen eine Weile still und ruhten sich aus.

Die meisten Passagiere, die an solche Ereignisse gewöhnt waren, nickten nur mit dem Kopf und öffneten ihre Körbe und Taschen, um etwas zu essen. Nach einer Weile, als es wirklich dunkel wurde, nahm der Fahrer eine Laterne von den Straßenarbeitern und machte sich wieder an die Arbeit. Wir Passagiere lagen in der plötzlich eingetretenen Stille, bewegungslos auf unseren Plätzen.

Die Bäume auf dem Hügel, hinter denen die Sonne verschwand, waren plötzlich in ein bläuliches und blasses Licht getaucht. Ich blickte zu meinem Freund. Er hatte seine Augen fest auf die gegenüberliegende Seite gerichtet.

Die spärlich über den Hang verteilten schwarzen Kiefern zeichneten zitternde Silhouetten gegen den sich schnell aufhellenden Himmel. Nachdem er dies eine Weile beobachtet hatte, sagte er:

"Gleich wird der Mond aufgehen!"

Genau in diesem Moment durchzog ein leichtes Zittern der Luft, gefüllt mit dem Duft von Thymian und leisen Knistern, von der sanften Melodie einer Laute. Mein Freund, der sich mit Musik befasst und an einer Musikschule arbeitet, richtete sich auf und begann konzentriert zu lauschen.

Die Laute, die von der Seite des Arbeiterlagers her erklang, verstummte nach einem geschickt gespielten Solo scheinbar, und eine Männerstimme begann ein uns bis dahin unbekanntes, aber doch nicht fremd wirkendes Volkslied zu singen:

Ich wandte mich zu dem welken Blatt,
dass vom Zweig fiel herab,
Morgenbrise,
zerbrich mich,
zerstreue mich,
trag meinen Staub weit weg von hier,
und reibe mich morgen an den nackten
Füßen von ihr...

Auch ich richtete mich nun auf. Obwohl die Laute erneut mit einer lebhaften Zwischenmelodie begonnen hatte, hallte in meinem Ohr immer noch das Nachbeben jener Stimme.

Mein Freund blickte mich an, als wollte er fragen: "Was ist das?"

"Ausgezeichnet!", murmelte ich.

Die Stimme setzte erneut ein, diesmal so laut, dass

das gesamte Tal zu vibrieren schien:

Mit der Laute in der Hand ging ich hinaus,
um die Fremde zu sehen,
kehrte zurück zu meiner Geliebten,
um mein Gesicht in Trauer zu senken,
dies und das zu fragen,
macht keinen Sinn,
schau,
in welchem Zustand ohne dich bin.

Ich hatte in meinem Leben noch nie eine so kraftvolle, süße Männerstimme gehört. Ich war erstaunt, wie aus dem Kehlkopf eines Menschen solch bedeutungsvolle und umfassende Klänge hervorkommen konnten. Mein Freund stand auf und zog mich mit ihm hoch. Wir begannen, auf das Zelt der Arbeiter zuzugehen.

Auf der Wiese vor dem Zelt saßen vier oder fünf Personen. Um sie herum lagen Spaten und Schaufeln verstreut. Eine Laterne, die am Zelteingang hing und im Wind schaukelte, warf diffus bewegliche Schatten, die sich ins Tal hinein erstreckten und in der Dunkelheit verschwanden. Ein junger Mann, der nicht älter als zwanzig zu sein schien, saß auf einer seitlich abgestellten Schubkarre vor dem Zelt und spielte die Laute. Sein Kopf war auf die Brust gesenkt und seine Augen waren auf den Boden gerichtet, so dass es unmöglich war, sein Gesicht vollständig zu sehen. Seine Stirn, die vom Laternenlicht beleuchtet wurde, war von Schweißtropfen bedeckt. Der lange Hals seiner Laute, unter den rasch auf und ab gleitenden Fingern, zitterte wie ein lebendiges Wesen.

Seine rechte Hand, die die Saiten schlug, bewegte sich klein, aber selbstsicher. Jedes Mal, wenn diese Hand dem Korpus der Laute näherkam, hatte man das Gefühl, als gäbe es zwischen diesem Holz und dieser Haut ein geheimes, aber sehr bedeutungsvolles und wichtiges Gespräch.

Das Zelt und der Ort, an dem wir uns befanden, wurden von einem Lichtstrahl gestreift und streckten sich bis zum anderen Ende des Tals. Wir hoben unsere Köpfe und sahen den Mond, der über den Hügel vor uns aufstieg.

Der junge Mann, der die Laute spielte, hob ebenfalls seinen Kopf und musterte mit leicht zusammengekniffenen Augen diesen hellen, gegenüberliegenden Zuhörer. Dann verlangsamte sich seine Hand, die die Laute spielte, seine Augen schlossen sich, seine Kehle spannte sich an und sein Gesicht rötete sich.

Während wir ihn erstaunt beobachteten, zeigten sich seine weißen Zähne zwischen seinen schmalen Lippen und der junge Mann fuhr fort, als ob er den Mond anspräche, mit seinem Lied:

Der Schein des Mondes trifft auf meine Laute,
niemand spricht über meine Worte,
komm,
meine sichelförmige Augenbraue,
auf mein Knie,
umhülle mich,
der Mond von der einen Seite,
du von der anderen.

Die anderen Passagiere des Fahrzeugs hatten sich auch versammelt. Alle schauten erstaunt auf diesen jungen Mann mit den tiefroten Wangen. Er hatte begonnen, seine mysteriösen sprechenden Hände über die Laute zu bewegen und seine Augen auf den Boden oder auf seine Laute zu richten, die in seinem Schoß zu hüpfen schien. Nach einer sehr kurzen Pause, diesmal ohne seinen Kopf zu heben, las er mit einer langsameren, aber genauso süßen und tiefen Stimme:

Acht Jahre nicht meine Heimat besucht,
keinen Leidensgenossen für mein Leid gesucht,
wenn du eines Tages mir folgst wieder,
frag dein Herz nach mir,
nicht einen Diener.

Und er legte seine Laute neben sich, nachdem er sie zweimal kräftig geschlagen hatte, und hob seinen

Kopf. Einige der Anwesenden riefen "Bravo!" Er fing an, seine Augen zu schweifen, ohne sie auf jemanden zu richten. Er versuchte auch leicht zu lächeln. Mein Freund trat an ihn heran und fragte:

"Wie heißt du, Junge?"

"Ali!"

"Woher kommst du?"

"Ich bin aus Sivas!"

"Wo hast du die Laute gelernt?"

"Ich weiß nicht... Ich spiele seit ich klein bin."

"Und das Singen?"

"Auch so... Dann habe ich eine Weile bei ein paar Meister-Barden herumgehangen."

Mein Freund sah mich an:

"Eine außergewöhnliche Stimme, mein Freund, wir könnten jahrelang suchen und so eine Stimme nicht finden. Ich werde diesen Jungen nicht mehr loslassen!" sagte er.

Dann fragte er wieder nach seinem Alter. Er war zweiundzwanzig. Er zog sein Notizbuch aus der Tasche, machte einige Notizen und wollte die Adresse des Jungen wissen.

Der Junge war zunächst verwirrt.

Er hatte keine Adresse zum Geben. Er arbeitete als Tagelöhner, heute hier, morgen dort.

"Würde es reichen, wenn Sie sagen 'Ali aus Sivas auf dem Weg nach Beyşehir'?", fragte er.

Schließlich nannte er den Namen einer Herberge in Konya, in die er immer wieder ging.

Mein Freund notierte auch das.

Währenddessen sagte der Fahrer, der schon lange neben uns stand und mit uns die Laute hörte:

"Meine Herren, das Fahrzeug ist bereit!"

Mein Freund, der gerade dabei war, den Jungen ein paar weitere Lieder singen zu lassen, sah, dass die anderen Passagiere sofort von ihren Plätzen sprangen und ihre Taschen und Koffer griffen und sich in Richtung des Lastwagens machten, seufzte, drehte sich dann zu Ali, der bereits aufgestanden war:

"Wenn ich dich suchen und finden lasse, komm sofort. Ich finde dir einen bezahlten Job, du arbeitest neben besseren Barden, verbesserst deine Laute, wäre das nicht toll?"

Ali stimmte zu, ohne wirklich etwas verstanden zu haben! Er schlug ihm auf die Schulter und sagte:

"Auf geht's, auf Wiedersehen!"

Alle Arbeiter sagten gleichzeitig: "Fahr sicher!" und als wir gingen, versammelten sie sich um Ali und begannen, lachend mit ihm zu sprechen. Sie versuchten wahrscheinlich, die Worte meines Freundes untereinander zu erklären und daraus glänzende Ergebnisse für Ali zu ziehen.

Nachdem er in Ankara angekommen war, war mein Freund sehr mit der Arbeit für den jungen Mann beschäftigt. Er war fest entschlossen, ihn in einer Musikschule auszubilden. Als wir mit ihm über diese Arbeit sprachen, die er so engagiert verfolgte:

"Du verstehst nicht, mein Bruder", sagte er, wenn wir über diese Angelegenheit sprachen.

"Die Stimme des Jungen geht mir nicht aus dem Kopf, ich bin kein Neuling in diesem Geschäft, ich kann sagen, dass ich mehr oder weniger ein Kenner der menschlichen Stimme bin, aber ich habe selten eine solche Stimme gehört."

Obwohl ich genauso dachte, versuchte ich, klüger auszusehen und sagte:

"Du hast recht. Aber hat die Nacht, in der wir ihn gehört haben, keinen Einfluss darauf gehabt, dass seine Stimme so starken Eindruck auf uns gemacht hat? Der Mond! Das leise Plätschern eines kleinen Flusses, der mal zu hören war und mal verschwand... Das schmale, gewundene Tal zwischen zwei Bergen und schließlich eine Stimme, die aus einem Arbeiterzelt, das wir nicht erwartet hatten, in die Natur hinausstrahlte... All dies hat uns in die verängstigte Stille dieser Nacht geworfen und uns in eine seltsame Romantik versetzt und hat eine Stimme, die gewöhnlich oder ein bisschen besser ist, uns den nicht außergewöhnlich erscheinen lassen?"

Aber trotzdem, Ali aus Sivas zu finden, ihn nach Ankara zu bringen und ihn hier wieder hören zu lassen, um seine Stimme zu trainieren und zu entwickeln, war keine abzulehnende Idee. Auch wenn wir uns geirrt hätten, konnten wir nicht leugnen, dass wir auf ein erstklassiges Talent gestoßen waren. Mein Freund schwamm bereits in Träumen.

Er dachte daran, dass Ali aus Sivas eines Tages als berühmter und weltbekannter Operntenor in den Städten Europas Konzerte geben würde:

"Seinen Körper in Frack zu sehen und sein rotes Gesicht, das aus dem weißen Kragen hervorspringt, wird etwas Wunderbares sein!", sagte er.

Schließlich gelang es ihm, seinen Wunsch durchzusetzen. Durch viele Anträge sorgte er dafür, dass Ali aus Sivas nach Ankara gebracht wurde. Die zuständigen Behörden waren ohnehin auf der Suche nach neuen Talenten. Es wurden regelmäßig Prüfungen durchgeführt und Schüler ausgewählt, um Opernsänger zu erziehen. In diesem Zusammenhang wurde an Konya geschrieben. Nach einer nicht allzu langen Suche wurde unser junger Tenor gefunden. Das Reisegeld wurde von der Gemeinde Konya zur Verfügung gestellt und er wurde nach Ankara geschickt.

Kaum betrat ich das Büro des Schulleiters, in dem die Prüfung stattfinden sollte, erkannte ich sofort Ali aus Sivas, der in einer Ecke mit seiner Laute in der Hand wartete. Sein Gesicht war etwas röter, sein Blick deutlich ängstlicher. Durch die Rückseite seiner flachen Schuhe sah man seine Löcher in den Socken und er wechselte häufig die Füße, als würde der Teppich unter ihm sie verbrennen. Er hatte seine Laute wie eine Waffe an die Seite seines rechten Fußes gelehnt und den Hals mit zwei Fingern ergriffen. Er schaute nicht in die Gesichter der Leute, die im Raum redeten und lachten, sondern ließ seine Augen auf dem Boden und an der gegenüberliegenden Wand wandern.

Nachdem ich die Leute im Raum begrüßt hatte, unterhielt ich mich mit Ali. Ich fragte ihn, wie die Reise verlaufen war. "Nicht schlecht!" sagte er.

Die Laute in seiner Hand war neu. Ich sah ihn lächelnd an, und er verstand sofort:

"Ich habe sie in der Herberge gefunden, in der ich abgestiegen bin. Ich habe acht Lire dafür ausgegeben. Es würde sich wohl nicht schicken, auf meiner alten, kaputten Laute für die Herren zu spielen!", sagte er.

Seine schwarzen und schönen Augen, die jetzt hell und offen waren, vermittelten mir das Gefühl, dass sie halb geschlossen waren, so wie ich sie an jenem Abend gesehen hatte. Bei genauerem Hinsehen bemerkte ich, dass diese großen, träumerischen Augen ständig in einem Traum lebten. Plötzlich wollte ich mich an seine Stelle setzen.

Wer weiß, was er sich wohl gedacht hatte, als er hierherkam? Vermutlich waren die Opernsänger-Träume meines Freundes und die Vorstellungen von

Frackkonzerten in Europa ihm fremd. Er hätte höchstens angenommen, dass in Ankara ein paar "Große" ihm zuhören würden, vielleicht würden sie ihm fünf oder zehn Groschen geben. Er könnte sogar gedacht haben, dass eine sicherere Zukunft auf ihn wartet und erwartete, wenn er gemocht würde, als Diener oder Portier beschäftigt und bevorzugt zu werden und ab und zu bei "großen" Versammlungen die Laute zu spielen und dafür fünf oder zehn Groschen zu bekommen. Er hatte sicherlich gehört, dass manchmal sogar Gouverneure solche Dichter schützen und sie bei ihren Versammlungen die Laute spielen lassen.

Während die Musiker der Schule aus verschiedenen Ländern auf Türkisch, Deutsch und Französisch sprachen und den Raum füllten, wurde an die Tür des Direktors geklopft und zwei Personen traten ein. Einer von ihnen war ein Bildungsinspektor.

Er brachte einen Jungen mit, der sich gerade beim Ministerium beworben hatte und geprüft werden wollte. Dieser Junge, der sagte, er habe die Mittelschule abgeschlossen und seine Lehrer hätten seine Stimme gemocht, war ein blonder, ziemlich molliger, wellenhaariger, selbstbewusst aussehender junger Mann.

Die Anwesenden sagten: "Natürlich!" Sie würden sowieso einen Tenor prüfen, sie könnten beide zusammen hören.

Schließlich verließen wir gemeinsam den Raum. Mein Freund öffnete zufrieden und selbstsicher die Tür zum Prüfungsraum. Es war ein großer Saal mit Parkettboden, an einer Seite befand sich eine neu aufgebaute bühnenartige Fläche. In einer Ecke nahe der Bühne stand ein Flügel. Der Raum füllte sich schnell. Gruppenweise begannen die Menschen, auf Türkisch und Französisch zu sprechen. Manchmal übertönten die Diskussionen einander und den unverständlichen Lärm machte sogar mir Kopfschmerzen.

Eine junge deutsche Frau ging zum Klavier und berührte die Tasten. Ali warf einen verblüfften Blick auf dieses Instrument, das er noch nie zuvor gesehen hatte, versuchte dann aber, wahrscheinlich um nicht Unerfahrenheit zu wirken, eine lässige Haltung einzunehmen.

Währenddessen sagte einer der jungen Musiker zu Ali, während er einen weiß lackierten Eisenstuhl auf die Bühne stellte:

"Setz dich mal!"

Ein anderer Musiker sprang ein:

"Man singt doch nicht sitzend! Er sollte stehen!"

"Hast du schon mal einen Volkspoeten gesehen, der im Stehen singt und die Laute spielt?"

Während dieser Diskussion betrachtete Ali die weißen, nackten Wände des Raumes, die wie die eines Krankenhausoperationssaals aussahen, die großen, vorhanglosen Fenster und warf diesen Haufen von Männern, die den Raum mit ihren Stimmen füllten, ängstliche Blicke zu, wie ein Patient, der auf die Ärzte schaut, bevor er auf den Operationstisch gelegt wird.

Ich sagte zu einem der jungen Musiker neben mir:

"Es wäre nicht richtig, ihn auf einen Stuhl zu setzen und singen zu lassen, er ist es gewohnt, im Schneidersitz zu singen, vielleicht fühlt er sich unwohl!"

Er sah mich für einen Moment an, als ob er sagen wollte: "Das ist richtig", aber dann sagte er:

"Nein, das wäre unangebracht! Wir können ihn nicht vor den Franzosen im Schneidersitz sitzen lassen! Das würde sie nur zum Lachen bringen!"

Ali setzte sich auf den weißen Eisenstuhl, als würde er auf Feuer sitzen. Seine Hand, die die Laute hielt, zitterte und Schweiß tropfte von seiner Stirn, seinen Wimpern und seinen mit Pfirsichflaum bedeckten Wangen herab.

Die Redner verstummten allmählich. Jeder lehnte sich gegen eine Ecke oder setzte sich auf einen Stuhl, den er finden konnte, und richtete seine Augen auf Ali, der plötzlich allein in der Mitte der Bühne stand. Der junge Mann hatte seine Knie fest zusammengepresst und seine Zähne zusammengebissen. Er nahm die Laute in den Schoß. Aber er konnte sie nicht richtig positionieren und schaute verwirrt umher. Als er die auf ihn gerichteten Blicke sah, war er völlig verwirrt.

Der Schweiß begann in Tropfen auf seine gelbe Jacke zu fallen. Er nahm das Plektrum aus Kirschholz in seine rechte Hand und berührte die Saiten ein paar Mal. Diese Töne schienen ihn für einen Moment zu beruhigen. Auf seinem Gesicht zeigte sich ein Ausdruck von Gelassenheit. Nachdem er ein wenig mehr gespielt hatte, bereitete er sich darauf vor zu singen, indem er seinen Hals bewegte. Er sah aus, als ob er husten wollte, aber sich schämte. Schließlich nahm er seinen Blick von uns und richtete ihn auf die Ecke der Decke über uns und begann ein Volkslied zu singen. Seine Stimme war immer noch schön, aber sie war mit einigen rauen Klängen gemischt.

Diese fremden Töne, die nicht sehr auffällig waren, wenn er seine Stimme erhob, zeigten sich sofort, wenn er tiefer ging. Ali bemerkte das auch. Er versuchte sich zu sammeln, aber mit dieser Bewegung spannte er nur die Muskeln seines Halses noch mehr an und sein Gesicht wurde noch röter. Er gab sich große Mühe. Die runden, gefalteten Fleischstücke, die sich von den Seiten seines Kinns nach unten erstreckten und wie zwei Stahlträger unverrückbar standen, waren deutlich zu sehen.

Ali schwitzte, als er versuchte, seine Stimme durch dieses Korsett zu drücken. Schließlich beendete er das Lied und stand auf, die Laute noch in der Hand.

Einer der deutschen Musiker sagte sofort:

"Nicht schlecht, nicht schlecht... Lassen Sie uns den anderen auch hören..." und zeigte mit dem Kopf auf den blonden Jungen.

Mit einem selbstbewussten Lächeln stieg der junge Mann die vierstufige Treppe zur Bühne hinauf und begann sofort, ohne darauf zu warten, dass die Anwesenden verstummten, ein Volkslied, das er von einer Schallplatte gelernt hatte, zu singen. Seine Stimme, zuerst sanft und süß, wurde nach und nach stärker und füllte den gesamten Raum in Wellen. Er sang wirklich gut. Trotz einiger Versuche, durch Imitation der Sänger billige Kunststücke zu vollbringen, war offensichtlich, dass er über ein ausgezeichnetes Stimm-Material verfügte. Kaum hatte er das Lied beendet, rief der zuvor erwähnte Deutsche wieder "Bravo!" - "Wir können diesen Jungen fördern!"

In diesem Moment fielen meine Augen auf Ali. Als ob er nichts mit den Anwesenden zu tun hätte, ließ er seine Augen durch den Raum schweifen und gab sich den Anschein eines gelangweilten Mannes.

Die junge Frau am Klavier winkte ihn zu sich heran. Die Kandidaten sollten einem Gehörtest unterzogen werden. Sie spielte mit ihrer rechten Hand eine einfache Melodie und forderte ihn in Deutsch auf:

"Wiederhole das genau so!"

Einer der türkischen Musiker erklärte:

"Sing im Einklang mit dem Klavier!"

Ali blickte zwischen mir und meinem Freund hin und her, den er mit seinen Augen suchte. Ich dachte, "Oh nein!" Der arme Junge war mit einem Instrument konfrontiert worden, das er noch nie gesehen, dessen Klang er noch nie vernommen, dessen Namen er noch nie gehört hatte.

Er verstand nicht einmal die Bedeutung der Worte, die ihm gesagt wurden.

Ich versuchte zu erklären:

"Mein Sohn, du sollst deine Stimme anpassen an das, was die Dame am Klavier spielt."

Die Frau am Klavier wiederholte die Melodie, und Ali, der sich sichtlich bemühte, begann mit erhobenem Hals:

"Ich habe eine Nachricht in das Land meiner Geliebten geschickt..."

Einige im Raum lachten, und Ali verstummte sofort.

"Nein, mein Lieber", sagte ich, "du sollst nicht ein Lied singen, sondern diese Töne von dir geben."

Er ließ einige Töne aus seinem Hals fließen und wirkte dabei sehr angestrengt.

Einer der gelangweilten Deutschen winkte den blonden Tenor herbei und sagte:

"Er soll es singen."

Die kleinen Melodien, die das Klavier nacheinander spielte, flossen wie ein Fluss aus dem Mund des jungen Mannes. Um die Sache schnell zu beenden, ließen sie Ali aus formalen Gründen noch ein Lied singen. Diesmal gab Ali, der viel mehr Anstrengung aufbrachte als das erste Mal und erkannte, dass alles von diesem einen Lied abhing, sein schönstes Lied zum Besten. Es war gar nicht so schlecht.

Tatsächlich nickten die Anwesenden, als wollten sie sagen: "Ausgezeichnet!" Aber sobald das Lied zu Ende war und Ali sich mit seiner Laute beiseite zog, vergaßen sie ihn sofort. Der blonde junge Mann sang wieder ein Tango, den er von Schallplatten gelernt hatte.

Er hatte zweifellos eine schöne Stimme. Schließlich war die Prüfung vorbei und die Diskussion begann darüber, wie man diesen Jungen am besten fördern sollte.

Die Frage des Budgets wurde aufgeworfen. Es gab Gespräche darüber, ob er vor Juni als Student aufgenommen werden könnte oder nicht. Niemand bemerkte, dass Ali aus Sivas auch noch im Raum war. Der Freund, der ihn all den Weg hierhergebracht hatte, stand neben den Diskutierenden und hörte zu, ohne etwas zu sagen. Weder er noch ich wagten es, zu Ali zu gehen oder ihn auch nur anzuschauen.

Als ich langsam meinen Blick hob, war ich überrascht. Ali zeigte nicht die geringste Miene des Elends, wie man sie von einem Menschen in einer solch schrecklichen Situation erwarten würde. Er starrte weiterhin mit leeren Augen auf die Wände, als ob die Leute in diesem Raum für ihn völlig irrelevant wären. Auf seinem Gesicht war keine Spur von Bedauern oder Ärger zu sehen. Tatsächlich wirkte er, als ob er gerade eine lange Periode von Langeweile und Qual hinter sich gelassen hätte und nun in einer ruhigen und entspannten Stimmung war.

Wenn sein Blick auf den blonden Tenor fiel, verweilte er dort für einen Moment, ihn vielleicht mit einer gewissen Verwunderung und Neugier beobachtend. Ich suchte in diesen Blicken nach Anzeichen von Neid oder sogar Bewunderung und fand keine.

Seine Laute lag wie eine Waffe neben seinem rechten Fuß, und dieser Fuß hob sich mit einer winzigen Bewegung vom Boden und berührte wieder die Parkettböden. Da spürte ich, wie etwas in mir schmerzte.

All die Enttäuschung, all der Zusammenbruch, all die zerbrochenen Hoffnungen des jungen Mannes offenbarten sich in diesen kleinen Fußbewegungen.

Dieser Mann, dessen Körper voller Kontrolle war, dessen Gesicht selbst die geringste Regung vermeiden konnte, um nicht seine inneren Gefühle preiszugeben, dessen Augen in unendlicher Tiefe und Ruhe mit einem sanften Licht leuchteten, offenbarte sich unfreiwillig durch das winzige und nervöse Zucken seines rechten Fußes. Ich hatte noch nie ein menschliches Gesicht oder ein Weinen gesehen, das mir so schmerzhaft, so bedeutungsvoll erschien.

Ich sammelte mich und ging zu ihm hinüber. Ich musste unbedingt mit ihm sprechen, ihm etwas sagen.

"Kehre zurück nach Konya, wir werden dich finden und benachrichtigen, wenn wir Arbeit für dich haben."

Ali hörte all das, als ob es etwas von außerordentlicher Wichtigkeit wäre, hob leicht die Augenbrauen und schien es auswendig lernen zu wollen. Aber als seine Augen mich trafen, erschrak ich.

Aus irgendeinem Grund kamen mir diese großen, schwarzen Augen so vor, als würden sie offenbaren, dass ihr Besitzer kein einziges dieser Worte glaubte.

Um zumindest das Gefühl zu haben, etwas getan zu haben, schlug ich vor:

"Lassen Sie uns in einem Restaurant etwas essen!"

Niemand in dem Raum bemerkte, dass wir gingen, so sehr waren sie in ihre Diskussion vertieft.

In einer Kebab-Bude stillten wir unseren Hunger, wobei wir kaum ein Wort miteinander wechselten. Es war unmöglich, ihn zu täuschen. Es ließ sich auch nicht einfach sagen: "Es tut mir leid, dass wir dich gerufen und so viele Umstände gemacht haben!"

Während ich darüber nachdachte, verließen wir das Kebab-Bude. Ali schluckte ein paar Mal, als wolle er etwas sagen, senkte dann den Kopf und sagte:

"Ich habe Sie in Verlegenheit gebracht, mein Herr, das muss Ihnen nicht leidtun."

Dann weitete er seine Augen leicht, als würde er von etwas Überraschendem sprechen, und fügte hinzu:

"In diesem Raum konnte ich einfach meine Stimme nicht finden!"

Und dann verließ er uns.

Am nächsten Morgen ging ein Freund von mir zum Haymana Gasthaus, um ihm das Geld zu geben, das wir untereinander gesammelt hatten, und ihn in einen Bus nach Konya zu setzen, um ihn sicher nach Hause zu bringen. Der Gastwirt erzählte ihm, dass Ali aus Sivas seine Laute für zwei Lira verkauft und das Geld als Reisegeld verwendet hatte. Er war bei Tagesanbruch auf einen Lastwagen gestiegen und hatte sich auf den Weg nach Konya gemacht.

Hund

Es war ein sehr heißer Sommertag. Obwohl die Zeit sich dem Nachmittag näherte und die Sonne bereits seitlich stand, gab es nicht die geringste Bewegung in den gelben Gräsern der Steppe: Es war noch keine Spur von dem Wind zu sehen, der zu dieser Zeit des Tages normalerweise am Koçhisar See zu wehen begann und die weite Ebene in Staubwolken hüllte.

Die Angoraziegen streckten sich auf der Seite aus, ihre lockigen Haare über die kaum unterscheidbaren Steppenpflanzen breitend, ob nun Dornen oder Gräser. Schlaftrunken hielten sie ihre Augen halb geschlossen und beobachteten durch ihre flatternden Wimpern ein paar weiße Wolken in der Größe einer Handfläche, die bewegungslos am östlichen Horizont hingen.

Zwei große, gefleckte Hirtenhunde lagen in einiger Entfernung auf jeweils einem Hügel, von wo aus sie die Herde überblicken konnten. Obwohl sie schlafend erschienen, richteten sich ihre Ohren wie durch einen elektrischen Schlag hin und wieder auf, ihre kleinen Augen streiften die gesamte Herde in einem flüchtigen Blick, bevor sie wieder schlossen und ihre müden Köpfe langsam auf ihre vorgestreckten Beine sanken.

Der Hirte saß auf einem höher gelegenen Hügel, stützte sich auf seinen Stab und döste, während seine Augen die halben Meter tiefen Spurrillen der Straße von Ankara nach Konya verfolgten, die etwa zweihundert bis dreihundert Meter entfernt verlief. Es gab etwa zehn Paar solcher Spuren, und sobald sie tiefer wurden und die Unterseite der Autos zu berühren begannen, wurden sie aufgegeben. Ihre Aufgabe wurde dann von neuen Gefährten, die plötzlich neben ihnen auftauchten übernommen.

Der junge Hirte stellte sich vor, wie viele solcher gewundenen Rillen im Laufe der Zeit entstehen könnten und sah vor seinem inneren Auge, wie diese Gräben, gefüllt mit mehlähnlicher Erde, die bei Windstößen aufwirbelten und den Horizont mit einer Staubwolkenschleier verbanden, eines Tages die gesamte Steppe bedecken könnten.

Er murmelte vor sich hin:

"Der Herr wird wohl die Ziegen verkaufen müssen!"

Selbst jetzt schon streiften die Tiere stundenlang umher und verzehrten die wenigen mageren Gräser, die sie fanden, bevor sie ins Dorf zurückkehrten.

Im Frühjahr wuchs das grüne, spärliche Gras nur bis zur Höhe von vier Fingern und wurde dann sofort von den Ziegen abgegrast, die sich mit einigen Büschen begnügten, die hier und da austrieben und scheinbar vergilbten und vertrockneten, bevor sie richtig grün wurden.

Aber sie schienen sich nicht zu beschweren. Trotz dieser mageren Weide hatten sie lange, seidige Haare. In ihren Augen lag eine breite Zufriedenheit und Entspanntheit, und es gab keinen anderen Ausdruck.

Während der Hirte darüber nachdachte, dass die gesamte Ebene von staubigen Autowegen bedeckt sein könnte und kein Gras mehr für die Ziegen übrigbleiben würde, kamen ihm viele andere Gedanken in den Sinn: "Wenn der Herr die Schafe verkauft und mich entlässt, wird er mir dann mein volles Jahresgehalt auszahlen?", fragte er sich. Er sollte zwölf Lira pro Jahr erhalten, dazu Verpflegung vom Herrn, doch er hatte seit zwei Jahren kein Geld erhalten.

Sein Herr hatte gesagt:

"Was brauchst du das Geld? Lass es bei mir liegen, ich gebe es dir auf einmal!"

Wenn seine Kleidung heruntergekommen war, gab er ihm einfach eine alte Hose und ein Hemd.

"Es wäre gut, wenn ich zwei Jahresgehälter auf einmal bekommen könnte!", sagte er mit einem zweifelnden Kopfnicken. Er war achtzehn, vielleicht auch nicht. Er hatte ein Weizengesicht, offene, kastanienbraune Haare und braune Augen. Seine etwas vorstehenden Zähne und die über seine Augen gefallenen Augenbrauen machten ihn nicht gerade hübsch, aber er hatte eine ernsthafte und würdevolle Haltung, die angenehm war.

"Wenn wir die alte Frau nicht hätten, könnte ich in die Stadt gehen und fünf oder zehn Groschen verdienen", sagte er.

Aber diese Option schien ihm auch nicht besonders reizvoll. Er erinnerte sich an einige Personen, die nach drei oder vier Jahren in der Stadt elender, erschöpfter und hoffnungsloser ins Dorf zurückgekehrt waren.

Sie erzählten, dass sie dort nichts anderes als Gelegenheitsarbeiten und schwerste körperliche Arbeit gefunden hatten, dass sie sich reich fühlten, wenn sie am Tag fünfundzwanzig oder dreißig Groschen verdienten, und dass sie in den kalten Nächten auf den Bürgersteigen die warmen Strohlager des Dorfes sehr vermissten.

"Was sollte ich tun?" fragte er sich.

Seit seine Mutter nicht mehr auf dem Feld arbeiten konnte, drehten sich solche Gedanken ständig in dem Kopf des jungen Hirten. Aber wenn er den Zustand derer sah, die vor ihm das Gleiche gedacht und versucht hatten, verfiel er in Hoffnungslosigkeit.

Zum Beispiel hatte einer seiner Verwandten vor einigen Jahren beschlossen, nach Izmir zu gehen und sich in einer Fabrik als Arbeiter einzutragen. Die ersten Berichte ließen auf eine akzeptable Situation schließen, doch dann kehrte er eines Tages mit nur einem Bein zurück ins Dorf.

Er war mit seinem Fuß in eine Maschine geraten; sie hatten ihm vierzig oder fünfzig Banknoten in die Hand gedrückt und ihn rausgeschmissen. Er ging nach Konya, um zu betteln. Auch dort ließ ihn die Stadtverwaltung nicht in Ruhe. Das Los des Armen war erbärmlich.

Im Dorf zu bleiben und etwas aus sich zu machen, schien vollkommen unmöglich. Um ein Feld zu kaufen, das nur wenig Ertrag brachte, musste er zehn Jahre, um ein Paar Ochsen zu besitzen, fünfzehn Jahre arbeiten. Und selbst dann war es zweifelhaft, ob das Leben angenehmer werden würde. Diejenigen mit einem Feld und einem Paar Ochsen waren nicht besser dran als er. In einem Dürrejahr mussten auch sie, wie alle Dorfbewohner, in die Berge gehen, um Gras zu holen.

Zudem mussten sie mitansehen, wie ihre Ochsen verhungerten oder für ein Zehntel des Preises verkauft wurden. Er war im Vergleich zu ihnen, ja sogar besser dran, denn der Gutsherr versorgte ihn auch in schlechten Jahren mit Brot und Proviant. Vielleicht würde er ihm eines Tages auch sein Geld geben? Wer weiß?

Er ließ seinen Blick über die Ziegen schweifen.

Dann rief er den auf der rechten Anhöhe liegenden Hund: "Karabaş!"

Der Hund schüttelte sofort den Kopf und richtete sich auf. Er blickte in die Richtung, aus der die Stimme kam, streckte langsam seine Beine und kam mit schnellen Schritten zum Hirten.

Auch der andere Hund hatte sich aufgerichtet und den Kopf zum Hirten gewandt. Da er nicht gerufen wurde, hatte er es nicht eilig, sondern schüttelte vorsichtig den Staub und das Gras ab, das an seinem Fell klebte.

Karabaş blieb einen Schritt vor dem Hirten stehen. Er begann, seinen pelzigen Schwanz langsam in der Luft zu wedeln und sah mit wartenden Augen zu seinem Gegenüber.

Der Hirte streckte die Hand aus und packte das Tier am Vorderbein, zog es zu sich. Der Hund, der auf drei Beinen hüpfend näherkam, legte seinen Kopf in den Schoß des Jungen und streckte sich aus.

Sein großer Körper zitterte vor Freude, und sein Schwanz wippte hin und her und rollte die kleinen Steine am Boden.

Hirte und Hund schauten einander an, ohne einen Ton von sich zu geben. Man konnte sehen, dass sie sich bis in die tiefsten Winkel ihrer Seelen verstanden und mit einer urtümlichen, tief verwurzelten Liebe verbunden waren. Ein beruhigender Atemzug, der zwischen den vorgeworfenen weißen Zähnen des Hirten hervorkam, breitete sich über das Gesicht des Hundes aus, und seine rosafarbene Zunge zitterte, als würde sie diesen Atem einsaugen.

Der andere Hund, der auf dem Hügel zur Linken stand und sofort spürte, dass die Verantwortung für die Herde nun allein bei ihm lag, sprang plötzlich auf und stürzte bellend den Hang hinunter.

Der Hirte und der in seinem Schoß liegende Karabaş drehten ihre Köpfe in diese Richtung.

Aus der Ferne rollte eine Staubwolke von der Ankara-Straße heran. Als sie näherkam, konnte man erkennen, dass es ein Auto war. Jetzt war auch der Hund, der vor dem Hirten hervorgesprungen war, den Hang hinuntergelaufen und hatte den Rand der Straße - oder besser gesagt, der Straßen - erreicht. Beide bellten mit vorgestreckten Köpfen und warteten auf den sich mit atemberaubender Geschwindigkeit nähernden Feind.

Als die Distanz kleiner wurde, stürmten sie drauf zu. Währenddessen bewahrten die Ziegen eine erstaunliche Gelassenheit und ließen das inzwischen ziemlich tief stehende Sonnenlicht auf ihren langen und stark gewundenen Hörnern glänzen.

Das Auto, ein großes geschlossenes Fahrzeug, dessen hellblaue Farbe selbst unter dem dichten weißen

Staub erkennbar war, hielt an, bevor die Hunde näherkamen. Sie bellten leiser. Der Hirte rief sie von seinem Standort aus. Beide zogen sich langsam zurück und warfen ab und zu einen Blick über die Schulter.

Die Vordertür des Autos öffnete sich und ein junger Mann mit schwarzen Haaren und einem dünnen Schnurrbart sprang heraus und winkte den Hirten herbei.

Dieser junge Mann war ein Ingenieur, der seine Ausbildung am College und später in Amerika absolviert hatte. Er war vor einem Jahr in die Heimat zurückgekehrt.

Dank der Fürsprache von einflussreichen Verwandten hatte er schnell eine Position in einer Bank bekommen, die eigentlich nichts mit seinem Fachgebiet zu tun hatte, aber er beklagte sich nicht. Drei oder vier Bücher, gefüllt mit mathematischen Formeln und Zeichen, standen unberührt auf einer Ecke seines Kristallschreibtisches, wie ewige Zeugen dafür, dass er ein Wissenschaftler war.

Und er, obwohl er nicht ganz verstand, was er tat, erledigte er einige bürokratische Aufgaben fehlerfrei in wenigen Stunden und schlug die Zeit damit tot, einige englische Zeitschriften durchzublättern, vielleicht zum dritten Mal.

Etwa sechs Monate nach seiner Verlobung mit der Tochter eines bedeutenden Bankiers bemerkte er, dass es möglich war, seine Freizeit besser zu gestalten. Das Auto, das er damals gekauft hatte und mit dem er tägliche Ausflüge mit seiner Verlobten machte, war ein Unikat in Ankara.

Wenn es leise um eine Straßenecke auftauchte und mit einer schönen Reflation in seinem großen Körper an einer anderen Ecke verschwand oder wenn es wie fliegend durch die gerade Boulevard glitt, mussten Passanten unweigerlich einen Blick darauf werfen. Heute war er auf dem Weg nach Konya, um einen Ingenieursfreund zu besuchen, der, wie er selbst, in Amerika studiert hatte.

Seine Verlobte und seine Schwiegermutter, die es für unangemessen hielt, ihn alleine gehen zu lassen, waren ebenfalls dabei. Die junge Frau war zufrieden mit dieser Veränderung und lächelte ständig, während ihre Mutter wegen des Staubs und der Erschütterungen schmollte.

Nachdem der Ingenieur aus dem Auto gesprungen und den Hirten gerufen hatte, schüttelte er seine Beine und bewegte sich umher, um die Taubheit zu vertreiben.

Er war mit einem grauen Sportanzug aus schottischem Stoff und einer gleichfarbigen Mütze bekleidet. Unter seiner Golfhose trug er karierte Socken, vielleicht fünfundzwanzig Farben, an seinen Füßen trug er dicke Halbschuhe mit runder Spitze und einem flauschigen Lederüberzug.

Wie jeder andere, der ein privates Auto besitzt und den Luxus voll ausleben möchte, waren auch seine Schuhe mit Benzin und Maschinenöl verschmutzt und die Sohle des rechten war vom Tritt auf das Gaspedal durchlöchert.

Während er hin und her ging, hielt er neben dem Auto an und lehnte seine Arme an das offenstehende Fenster der Seitentür und sagte zu seiner Verlobten:

"Wie kamst du auf den Gedanken, mit einem alten Hirten zu sprechen?"

Das junge Mädchen, das mit Schultern, Armen und Augen zuckte, antwortete:

"Ich bin neugierig, ich habe noch nie einen Dorfbewohner gesehen!"

Die Mutter, die neben ihr saß, drehte den Kopf nicht und sagte:

"Was für ein Unsinn! Hast du sie nicht schon auf den Märkten und Straßen in Ankara gesehen?"

"Ach! Sind das Dorfbewohner? Nein… Arbeiter... Aber ich möchte solche Hirten sehen. Dann werde ich auch die kleinen Ziegen streicheln."

Der Ingenieur sagte:

"Es gibt hier keine kleinen Ziegen, sie sind alle riesig!"

Bei jedem gesprochenen Wort, jeder Bewegung, ja bei jedem Blick begannen unvermeidlich verschiedene Teile ihres Körpers zu zappeln. Diese koketten Bewegungen, die zur Hälfte absichtlich und zur Hälfte aufgrund von Nervosität stattfanden, erinnerten an ein lächerliches Spielzeug.

Das junge Mädchen zuckte mit Entrüstung und sagte mit ihrer dünnen Stimme:

"Na und? Was macht es, wenn ich stehen bleiben will? Ich will es einfach! Ich mags, wie die Ziegen liegen"

Inzwischen war der Hirte nähergekommen und die Hunde waren zu der Herde zurückgekehrt und hatten sie unter ihre Aufsicht genommen.

Der junge Ingenieur sagte zu dem Hirten, der ein Stück weiter wartete:

"Komm näher! Woher kommst du?"

Der Hirte zeigte mit der Hand auf ein Dorf auf der Nordseite der Ebene:

"Ich bin von hier!"

"Sind diese Ziegen deine?"

"Nein, sie gehören dem Landherr!"

"Kommst du jeden Tag hierher, um sie zu weiden?"

Der Hirte ließ seinen Blick einen Moment auf seinem Gegenüber ruhen, um zu verstehen, warum diese Frage gestellt wurde, und zuckte dann mit den Schultern:

"Wir wissen es nicht. Wo auch immer, wir gehen hin!", murmelte er.

Der Hirte, der gezwungen war, auf viele weitere Fragen dieser Art zu antworten und die nicht sagen konnte: "Was geht dich das an? Geh doch weiter!" war zutiefst genervt. Immer wieder sah er sich um, um nach seiner Herde zu sehen, und warf gelegentlich einen Blick ins Auto.

In der Zwischenzeit öffneten die Insassen die Tür. Das junge Mädchen sprang in ihrem weißen Leinen-Jackenkleid und ihren niedrighackigen Stilettos auf den Boden. Ihre Mutter folgte ihr langsam und hielt sich an beiden Seiten fest. Das Gesicht der alten Frau war völlig finster. "Warum verschwenden wir hier Zeit? Was sind das nur für schwachsinnige Kinder!" dachte sie.

Das junge Mädchen kam zu ihrem Verlobten und hängte sich mit verschränkten Händen an seine Schulter, dann streckte sie ihre Lippen vor und sagte:

"Sieh mich an, Hirte!", sagte sie. "Hast du einen Verlobten?"

Sie hatte dieses Wort vor ein paar Jahren in einigen Geschichten gelesen und es sich gemerkt.

Der Hirte fragte überrascht:

"Was ist das?"

Das Mädchen sah den Ingenieur an.

Er erklärte:

"Mein lieber, eine Verlobte. So ein rosiges, hübsches Ding. So eben..."

Und er kneift in die Wange seiner Verlobten, die ihr Kinn auf seine Schulter gelegt hatte.

Der Hirte verzog das Gesicht als wäre ihm schlecht:

"Keine Chance, mein Herr.", sagte er. "Wir haben kaum genug, um unseren Hunger zu stillen."

"Finde eine reiche Frau, vielleicht die Tochter eines Grundbesitzers oder so."

Der Hirte antwortete nicht. Er starrte verblüfft die Schwiegermutter an. Unter den falschen Locken ihres gefärbten gelben Haares hingen ohrringartige Cluster, ihre Augen waren lila umrandet, ihre Wangen waren mit Farbe bedeckt, die der Farbe einer Kirsche ähnelte. Diese mehrfach gekleidete Frau mit ihrer bedruckten Robe hatte plötzlich sein Interesse geweckt.

Er starrte und starrte, und konnte seinen Blick nicht abwenden. Als der Ingenieur sah, dass viele seiner Fragen unbeantwortet blieben und langsam von der Faszination des "Kontakts mit dem Volk, den Dorfbewohnern" überwältigt wurde, oder besser gesagt, wegen der selbstsicheren Haltung und Ernsthaftigkeit des Hirten genervt war, wollte er ihn, mit Selbstbeherrschung, aber mit einem offensichtlichen Vorwurf ausquetschen:

"Warum antwortest du nicht? Sieh, wie wir uns mit dir befassen. Du bist unser Bruder aus dem Dorf. Wir sind auch einer von euch!"

Der Hirte fragte interessiert:

"Von wem seid ihr?"

Zuerst verstand der Ingenieur nicht, dann sagte er:

"Nein, mein Lieber, nicht so. Wir sind auch Bauern wie ihr, unser Ursprung ist ländlich. Ich möchte sagen, dass wir alle eins sind."

Der Hirte ließ seinen Blick für einen Moment auf den drei Personen vor ihm ruhen, dann sagte er mit einer seltsamen Zurückhaltung:

"Ich kann es nicht sagen, mein Herr!" und begann wieder, die Schwiegermutter zu beobachten.

Jetzt sagte der Ingenieur mit offenem Ärger:

"Wohin schaust du so?"

Die Dame antwortete von hinten:

"Wo sollte er hinsehen, er starrt mich an, als würde er mich mit den Augen essen. Ist er ein Wilder oder was?"

Die Augen des Hirten wurden ganz groß.

Der Mund der alten Frau öffnete sich und enthüllte eine Menge Gummi, Porzellan, Gold und ein paar gelbe lange Zähne.

Der Ingenieur konnte nicht anders, er musste lachen. Der Hirte drehte den Kopf und schaute hinter sich. Es war offensichtlich, dass er genug von dieser Unterhaltung hatte. Dann erinnerte sich der Ingenieur daran, dass er eine soziale Aufgabe hatte, mit den Menschen zu sprechen und ihnen den richtigen Weg zu zeigen, und begann zu sprechen:

"Hör zu, mein Hirtenbruder", sagte er.

"Ihr seid noch sehr rückständig. Siehst du! Wir verlassen unseren Platz, unser Zuhause, um mit euch zu sprechen, um eure Sorgen zu hören; statt davon zu profitieren, schaut ihr euch nur um. Was sind deine Bedürfnisse? Was sind deine Probleme? Ich möchte das herausfinden, du musst mir dein ganzes Herz öffnen. Ich bin dein Bruder. Nicht wahr?"

Der Hirte war knallrot geworden. Er verstand nichts von all diesen Worten und fühlte nur, dass er seinem Gegenüber auf irgendeine Weise Unbehagen bereitet hatte, was ihn traurig stimmte.

Der Ingenieur nahm das Gespräch wieder auf:

"Ich bin ein Ingenieur, ich arbeite für dich; du bist ein Bauer, du arbeitest für mich. Könnten wir es uns leisten, nicht miteinander auszukommen?..."

Er wollte noch mehr sagen, wollte ausführlich erklären. Er war tatsächlich betroffen. In diesem Moment spürte er das Bedürfnis, sich mit seinem Gegenüber zu verständigen. Aber seine Unfähigkeit, die passende Sprache zu finden, vielleicht auch seine allgemeine Unbeholfenheit im Türkischen, brachte ihn zum Schweigen.

Der Hirte machte mehrere kurze, ablehnende Gesten mit seiner Hand und stammelte:

"Ich habe nichts gesagt, Herr... Habe ich etwas Schlimmes getan, Herr?"

Die Verlobte des Ingenieurs hatte nichts von diesem plötzlich wechselnden Gespräch verstanden und begann, sich zu langweilen.

Nach einem Blickaustausch mit ihrer Mutter zog sie an dem Arm des jungen Mannes und sagte:

"Komm Schatz, lass uns gehen!"

Der Ingenieur öffnete seinen Mund, um noch ein paar Worte zu sagen. Er fand keine Worte. Er sprang in sein Auto, startete den Motor und das Auto stob nach einem kurzen Zögern in einer Staubwolke davon. Der Hirte war in diesem kurzen Moment vollkommen verdutzt, ein Gefühl der Trauer, das er bis dahin nicht gekannt hatte. Vage realisierte er, dass er vielleicht seinem Gegenüber Unrecht getan hatte, dass er ihn verärgert hatte und dachte:

"Habe ich wie ein Wilder gewirkt?"

Der Ingenieur war plötzlich in heftige Wut geraten. Vor einem einfachen Hirten fast um Worte flehend zu sein, erschien ihm unerträglich beleidigend.

Trotz der Bruderschaft, die er in seinen vorherigen Worten betont hatte, sah er den klaren Unterschied zwischen ihm und dem Hirten und murmelte zwischen seinen Zähnen:

"Diese Dummköpfe werden nie zu Menschen!"

Ein Schrei seiner Verlobten weckte ihn auf und als er seinen Kopf zur Seite drehte, bemerkte er die Hunde, die auf beiden Seiten des Autos bellten und herumsprangen. Seine Hand ging sofort in seine hintere Tasche.

Dann hielt er inne. Er dachte nach. Diese Bewegung, die er unbewusst machen wollte, schien ihm jetzt das Notwendigste. Wenn es nicht andere Gedanken gäbe, hätte er in diesem Moment wahrscheinlich sogar seine Waffe gegen den Hirten eingesetzt.

Er streckte seine kleine, vom Vater geerbte Mauser-Pistole durch das seitlich öffnende Fenster des Autos und feuerte in das offene Maul des gescheckten Hundes; dann trat er aufs Gas und sein Auto verschwand in einer Staubwolke.

Karabaş, der Hund mit den langen Haaren, hatte sich an den Straßenrand gewälzt und war sofort regungslos liegen geblieben. Der andere Hund stand neben Karabaş; seine Beine, als ob sie ihn daran hindern wollten, weiter zu gehen, waren ausgestreckt und warteten. Der Hirte lief zu ihm hin. Er kniete nieder und streichelte den Kopf seines geliebten Freundes. Die Trauer, die er gerade empfunden hatte, war nun durch einen tieferen, passenderen Schmerz ersetzt worden.

Er sah klar, dass er mit den Leuten, die gegangen waren, nichts zu tun hatte, dass sie ihn im Gegenteil von etwas getrennt hatten, was er sehr liebte, und er streichelte den toten Hund mit tränenden Augen.

Der andere Hund schnüffelte auch am Gesicht seines Freundes. Die weißen, langhaarigen, unschuldig

aussehenden Angoraziegen, die nun alle aufgestanden
waren, starrten erstaunt auf eine Staubwolke am Horizont und sammelten sich langsam um den toten Hund
herum, wobei das rote Licht der Sonne auf ihre Rücken schien.

Heißes Wasser

Als zwei Gendarmen in der Dämmerung am Rande des Dorfes ankamen, stiegen sie von ihren Pferden und übergaben die Zügel an den Kaffeehauslehrling, der ihnen entgegenkam. Sie streckten ihre Beine und begannen zu laufen.

Die Straßen des Dorfes waren leer. In der Ferne war das Brüllen einer kranken Kuh zu hören. Der Wind bewegte sich mit leichtem Murmeln in den Ästen der Weidenbäume. Der Wald, der die Hügel auf der Westseite des Dorfes bedeckte, bewegte sich wie eine über ihm liegende Wolke.

Nachdem die Gendarmen das Kaffeehaus betreten und ein paar Worte mit dem Kaffeeverkäufer in leiser Stimme gewechselt hatten, gingen sie hinaus und marschierten in Richtung Dorf.

Die Häuser waren vollständig in Dunkelheit getaucht... Am anderen Ende des Dorfes, wo der Wald begann, näherten sie sich einem kleinen Haus. Sie wollten keinen Lärm machen, das war klar. Als sie den Zaun um das Haus erreichten, erhoben sie sich auf Zehenspitzen und schauten in das erleuchtete Fenster. Drinnen kniete eine Frau und trank Suppe. Ihre Haare, geteilt in viele Zöpfe, fielen auf ihren Rücken. Ab und zu warf sie einen verstohlenen Blick nach draußen.

Einer der Gendarmen murmelte:

"Die Frau des Schweins, tut so, als ob sie nichts wüsste!"

Der andere antwortete:

"Das ist unser vierter Besuch. Wir konnten ihn bisher nicht fangen. Es sieht so aus, als ob Ismail diesmal auch nicht hier ist, aber mal sehen!"

Sie öffneten das Gartentor und traten ein. Einer der Gendarmen ging um das Haus herum. Der andere klopfte an die Tür. Im Inneren gab es keine Anzeichen von Aufregung. Nur das Rascheln der dreilagigen Robe der aufstehenden Frau war zu hören. Dann kam eine weiche Stimme von der anderen Seite der Tür:

"Wer ist da?"

"Öffnen Sie... Wir suchen Ismail!"

Ein Riegel wurde zurückgeschoben und die Frau öffnete die Tür und sagte:

"Bitte suchen Sie, Ismail ist nicht zu Hause. Als Sie

das letzte Mal hier waren, habe ich Ihnen gesagt: Seit dem Frühling ist Ismail nicht mehr hier. Sind es vier Monate oder was?"

Der Gendarm schrie:

"Sei still, er soll hier seit zwei Tagen sein, wir haben eine Nachricht bekommen!"

Die Frau antwortete mit sanfter Stimme:

"Das sind Lügen, lieber Herr, nur Lügen! Ismail wurde seit dem Vorfall nicht einmal in der Nähe gesehen. Wer weiß, wohin er gegangen ist? Vielleicht ist er in den Bergen gestorben!"

Der Gendarm durchsuchte das Gepäck, kippte die Betten und schaute sich dann um. Das Haus bestand nur aus diesem einen Raum und einem Durchgang. Im Durchgang stand ein Krug mit Olivenöl, ein Brotbrett und einige andere Dinge, die schwer zu identifizieren waren. In der etwas geräumigen Stube lag eine Matratze an einer Ecke, und auf ihr befand sich ein offener Koran.

Der Gendarm versuchte zuerst, die Sache sanft anzugehen und sprach die Frau an: "Schau mal, Emine", sagte er, "gib den Widerstand auf. Du hast verstanden, dass nichts Gutes mehr von diesem Jungen zu erwarten ist. Der Staat wird ihn dir nicht überlassen. Er hat eine Rechenschaft abzulegen.

Warum hast du Mitleid mit dem wilden Mörder? Aber du wirst sagen, er hat nicht aus Freude getötet, er hat getötet, um sein Leben zu retten. Nun, warum ist er dann in die Berge geflüchtet? Hat der Staat kein Gericht? Sie werden ihn nicht aufessen, nur weil der Junge, den er getötet hat, der Sohn eines Großgrundbesitzers ist! Er hätte seine gerechte Strafe verbüßt und wäre freigekommen. Wie ich sagte, lass ihn hinter dir und sag uns, wo er ist, wohin er heute Abend geflüchtet ist. Sieh, du bist noch jung. Verschwende nicht dein Leben... Emine, sag schon, Ismail war doch vorhin hier, oder? Wer hat dir gesagt, dass wir kommen?"

"Ich habe es schon gesagt, warum bestehst du darauf! Ich habe Ismail seit vier Monaten nicht gesehen!"

"Emine, das wird nicht gut enden. Wir sind auch nicht zum Vergnügen hier. Wenn der Leutnant herausfindet, dass wir ihn wieder nicht gefasst haben, sind wir dran. Wer weiß, zu welchem entfernten Gebirgsposten er uns schickt."

Die Frau schwieg und schaute nach vorn.

Die Gendarmen sahen sich an. Dann flüsterten sie ein paar Worte.

Einer sagte:

"War der Tipp echt, frag ich mich?"

Der andere mit einem verschmitzten Lächeln:

"Jetzt werden wir es herausfinden!" und winkte mit der Hand, als wäre er ein Meister darin.

Dann drehte er sich zur Frau um und schrie:

"Öffne das!" und zeigte mit der Hand auf eine kleine Holztür in einer Ecke des Zimmers.

Nach einer Sekunde des Zögerns ging die Frau dorthin und drehte den hölzernen Riegel, und die Tür öffnete sich von selbst. Es war ein kleines Badezimmer.

Niemand war drinnen. Der andere Gendarm sah seinen Kameraden fragend an:

"Wo ist er?" murmelte er.

"Still!"

Er näherte sich dem Badezimmer, in dem ein rußiger Zinnkrug und ein kleiner Holzhocker zu sehen waren, und steckte seine Hand in den Krug.

Dann zog er sie zurück, als ob er sich verbrannt hätte:

"Was bedeutet dieses heiße Wasser?" fragte er.

"Nichts!"

"Kann es nichts bedeuten?" und ein verständnisvolles Grinsen breitete sich auf seinem Gesicht aus.

Die Frau murmelte, errötend:

"Ich wollte mich mit heißem Wasser waschen...

"Die Tageszeit reichte nicht aus? Wen willst du damit täuschen? Wenn dein Mann nicht hier ist, warum bereitest du dann nachts heißes Wasser vor?"

Dann sagte er zu seinem Kameraden:

"Das ist die sicherste Methode! Wenn ich das Haus eines Flüchtlings durchsuche, schaue ich zuerst ins

Badezimmer!"

Plötzlich packte er die Frau am Arm und zog sie zu sich und schrie:

"Leugnen hilft nicht mehr! Also sag mir, wo ist Ismail? Da das Wasser ziemlich heiß ist, muss er gerade erst geflohen sein. Er kann nicht weit von hier sein. Wenn du es nicht sagst, bist du selber schuld!"

Die Frau, deren Gesicht kreidebleich geworden war, versuchte sich loszureißen und sagte zitternd:

"Ich weiß es nicht!"

Daraufhin ließ der Gendarm abrupt ihren Arm los und begann im Raum umherzulaufen. Sein Kamerad lehnte gegen eine Wand und beobachtete den schnell auf und ab gehenden Atem der Frau.

Der umherschweifende Gendarm hielt plötzlich inne und rief seinen Kollegen mit einer Handbewegung.

Er sprach leise, aber laut genug, damit die Frau es hören konnte:

"Ismail ist bestimmt nicht weit weg. Wenn er sich uns nicht ergibt, wird er dann nicht kommen, um die Vergewaltigung seiner Frau zu verhindern?"

Dann fügte er noch leiser hinzu:

"Ich werde Emine jetzt packen und auf das Kissen werfen. Wenn sie schreit, kann Ismail es nicht aushalten, er wird kommen, wo immer er ist. Dann wartest du an der Tür, um ihn lebendig oder tot zu fangen... Wenn sie nicht schreit... Nun, was soll's... Dann probier's du einmal!"

Die Frau war blass und zitterte. Sie biss so fest auf ihre Unterlippe, dass sie zu bluten drohte. Sie sah sich um. Abgesehen von den vier Wänden und den beiden Gendarmen war nichts da.

Der Gendarm, der vorhin das heiße Wasser inspiziert hatte, packte die Frau mit glänzenden Augen am Handgelenk und schleppte sie zur Seite des Raumes. Der andere Gendarm nahm seine Waffe und ging hinaus. Aber weder der eine noch der andere konnten auch nur ein Wort von der Frau herauspressen... Sie schrie kein einziges Mal, rief niemanden um Hilfe. Eine Weile später verließen die Gendarmen das Haus, ihre Waffen über die Schulter geschlagen, ein süßes Gefühl der Erschöpfung auf ihren Gesichtern und eine leichte Angst in ihren Herzen.

Emine schlüpfte langsam hinter ihnen hinaus und tauchte in den Wald ein.

Ismail, der bis zum Morgengrauen im Gebüsch gewartet hatte, näherte sich, als er sah, dass im Haus noch Licht brannte. Er trat mit seltsamer Traurigkeit durch die halb offene Tür ein. Das Zimmer war verwüstet. Die Lampe, deren Öl zur Neige ging, mühte sich ab, mit Zischen weiter zu brennen.

Es war niemand da. Er trat vor die Tür und pfiff. Ein vierzehnjähriger Junge erschien aus dem Dorf. Er kam rennend und schaute sich um. Ismail schickte ihn sofort hinunter in Richtung des Cafés. Er überlegte, was zu tun wäre, wenn die Gendarmen Emine mitgenommen hätten. Aber der Junge kam innerhalb einer halben Stunde zurück und berichtete, dass die Gendarmen mitten in der Nacht auf ihre Pferde gestiegen und in die Stadt geritten waren, ohne jemanden mitzunehmen.

Daraufhin suchten sie mit einigen anderen Dorfbewohnern nach Emine.

Sie fragten in jedem Haus nach, riefen im Wald herum:

"Mädchen Emine... Wo bist du?"

Aber weder an diesem Tag noch danach gab es irgendwo eine Spur von Emine.

Eine Nacht bei Mondschein

Als er sich an eine hohe, mit Gras bewachsene Mauer lehnte und die halbgeschlossenen Augen nach oben richtete, sah er, dass um ihn herum die Dämmerung eingesetzt hatte. Er nahm einen tiefen Atemzug, als hätte er sein Ziel fast erreicht. Vor ihm befand sich eine Brücke, über die eine Eisenbahnstrecke führte. Er geht darunter hindurch und klammert sich an die Wände. Seine Beine zitterten und sein Brustkorb hob und senkte sich mit einem schrecklichen Knurren.

"Ich könnte hier sterben", dachte er.

Aber als ob sie nicht wollten, dass diese Hoffnung länger als einen Moment in ihm lebte, tauchten auf der gegenüberliegenden Seite einige Männer mit Bündeln in den Händen auf.

Schnell redend zogen sie an ihm vorbei; eine einspännige Kutsche, die direkt hinter ihm kam, holperte auf dem kaputten Pflaster und tauchte schnell in die Straße vor ihm ein.

Auch hier war es nicht menschenleer. Auch hier gab es Menschen, die kamen und gingen.

Die dicken und baufälligen Mauern, die sich rechts und links erhoben, konnten ihn nicht vor den Augen der Menschen verbergen. Er musste einen abgelegeneren Ort finden, wo ihn niemand stören würde und er niemanden stören würde. Er begann, sich vorwärts zu bewegen, wobei er die Schuhe mit den Löchern in den Sohlen wie schwere Ketten an seinen nackten Füßen zerrte und sich mit der Hand auf die Brust drückte, die beim Husten schmerzte, als würde sie reißen.

Er war seit drei Tagen völlig ausgehungert und hatte vielleicht seit drei Monaten nicht mehr gegessen, bis er satt war.

Wenn er Hunger verspürte, griff er sich mit einer Hand an den Bauch, als würde er ihn streicheln. Dann spannten sich seine Lippen, die an einigen Stellen rissig waren, und ein schrecklicher Ausdruck, der einem Lächeln ähnelte, überzog sein Gesicht. Die quälenden Schmerzen in seinem Unterleib hatten seit gestern Abend aufgehört. An ihre Stelle traten eine völlige Taubheit und ein wenig Übelkeit.

Nachdem er die Eisenbahnbrücke unterquert hatte, betrat er eine dunkle Gasse. Auf beiden Seiten standen Holzhäuser, und auf der Straße waren ein paar Kinder und Katzen zu sehen. Hinter einigen Fenstern hörte man Frauen schreien, fluchen und Kinder weinen. Auf der Straße, die stellenweise mit Drecklöchern übersät war, ging er weiter und hielt alle paar Schritte an.

Nur noch ein bisschen weiter... Dann würde sicherlich ein abgelegener Ort, ein menschenleerer Ort kommen. Als einige Mädchen in Holzsandalen, Wasserbehälter in den Händen, vorbeigingen, blieben sie stehen und schauten ihn an. Als er versuchte, schneller zu gehen, wurde er von einem Hustenanfall ergriffen. Es fühlte sich an, als würden Drahtbürsten in seiner Brust herumwirbeln. Schließlich brach er auf der Schwelle eines Hauses mit einer geschlossenen Tür zusammen.

Als der Hustenanfall vorbei war, schaute er mit tränenden Augen vor sich hin. Zwischen seinen Füßen befanden sich Auberginen- und Zwiebelschalen und zwei Knöchelknochen. Für einen Moment verschwanden diese aus seinem Blickfeld und er glitt plötzlich und schnell in seiner Erinnerung zurück, ein Gefühl, das einen Mann auf einer endlosen Straße dazu bringt, immer wieder zurückzuschauen.

Seitdem er seine Heimat verlassen hatte, waren mehr als fünf Jahre vergangen. In einem Alter, in dem man noch als Kind bezeichnet wird, war er in die Fremde gezogen, hatte alle möglichen Arbeiten gemacht und vieles gelernt. In den letzten Jahren arbeitete er als Hilfsmechaniker in einer kleinen Fabrik, wo seine Krankheit begonnen hatte.

Genauer gesagt, die Atemnot, die ihn von Zeit zu Zeit seit seiner Kindheit plagte, wurde in dem stickigen, kleinen Motorenraum dieser Fabrik zu einer erstickenden Krankheit.

Eine Zeit lang versuchte er, trotz allem durchzuhalten. Er ahnte, dass es keine Rettung mehr gab, wenn er erst einmal in den Sog der Verhältnisse geraten war. Doch von Tag zu Tag wurde er schwächer, und die Hustenanfälle, die gelegentlich wie Dornenbündel in seiner Brust herumliefen und ihn bis zum Bluten der Augen zappeln ließen, nahmen zu und verstärkten sich. Seine verletzten Luftröhren begannen zu schmerzen, als er die feuchte, stickige Luft des Maschinenraums einatmete.

Als er eines Morgens aufwachte, stellte er fest, dass er sich nicht mehr bewegen konnte. Als er nach einigen Tagen des Hungerns wieder aufstehen und in die Fabrik gehen wollte, wurde er nicht einmal hereingelassen.

Der Absturz, vor dem er sich seit Monaten gefürchtet hatte, begann. Eine Woche lang kam er mit den fünf oder zehn Groschen aus, die er in der Tasche hatte. Dann wieder ein paar Tage Hunger...

Er hatte einen wohlhabenden Onkel, der aus seiner Heimatstadt gekommen war und sich in der Stadt niedergelassen hatte. Er suchte ihn auf und klopfte ängstlich an die zweiflügelige Tür des Hauses.

Sie gaben ihm für ein paar Tage einen Schlafplatz in der Ecke eines Schuppens und stellten ihm ein paar Bissen zu essen hin. Diese fünf Jungen, von denen der

älteste zwölf Jahre alt war, schikanierten ihn mit einer
für ihn unverständlichen Grausamkeit, gossen Wasser
über seinen Kopf, während er schlief, und stachen
manchmal sogar mit langen Stöcken auf sein Gesicht
und seinen Körper ein, wenn er von einem Hustenanfall geschüttelt wurde.

Sein Onkel, der als Großhändler recht gut verdiente
und spät nach Hause kam und früh wieder ging, hatte
nie einmal nach seinem Befinden gefragt.

Er murmelte unverständliche Dinge, während er an
ihm vorbeiging, und nachdem er seine Augen für einen Moment auf den Kranken gerichtet hatte, ging er
einfach weiter.

Eines Morgens, noch sehr früh, trat er auf die Straße.
Er hielt einen Moment vor seinem Neffen inne, dann
sagte er:

"Du schläfst hier schon seit drei Wochen... Das kann
nicht so weitergehen, geh und melde dich in einem
staatlichen Krankenhaus an..." und ging weiter.

Noch am selben Tag warfen sie ihn hinaus. Bis zum
Abend reiste er durch mehrere Krankenhäuser und
verließ die Tür eines jeden noch müder und hoffnungsloser. Eine Zeit lang war er eine Last für seine
Leidensgenossen.

Diese Männer, jeder von ihnen genauso arm wie er,
versuchten ihm so gut sie konnten zu helfen. Doch
auch das hielt nicht länger als ein paar Wochen. Ein

erneutes Umherwandern begann. Diese nie endende Reise, deren Ziel ungewiss war, war vielleicht noch schlimmer als die Krankheit selbst.

Es kam vor, dass er an einem Tag fünfzehnmal die gleiche Straße hinunterlief, wie ein in eine Sackgasse getriebenes Tier. Manchmal bettelte er, manchmal rannte er, um der Polizei zu entkommen, und stürzte in einer abgelegenen Ecke zu Boden, von einem Hustenanfall geschüttelt. Manchmal auch sammelte er Stücke von Brot und Obstschalen aus den Mülltonnen auf den Straßen und in den Gassen.

Selbst dabei war seine Krankheit ein Hindernis, das ihm die Hände band. Kinder im Alter von acht bis zehn Jahren, die sich um die Müllhaufen scharten, schoben ihn zur Seite und nahmen ihm sogar das, was er gefunden hatte weg.

Während er die Haufen durchwühlte, die saure und klebrige Gerüche verbreiteten, verbarg er hastig und ängstlich eine Melonenschale, die er in die Hände bekam, oder eine Traube mit ein paar faulen Beeren darauf, oder eine Sardinenbüchse, in der noch Ölreste zu sehen waren, unter seinem zerrissenen Hemd.

Er zog sich in eine Ecke zurück und versuchte, die Lebensmittel, die die hungrigen Kinder wie Fliegen um ihn herumschwirrten, nicht zu verlieren, und aß und kratzte mit zitternden Händen. Aber seit drei Tagen konnte er das nicht mehr tun. Sein Magen stieß die verschiedenen ihm zugeführten Dinge mit wer weiß was für einem Widerwillen sofort wieder aus und wollte nichts, nicht einmal Wasser.

In diesem Moment schien ihm alles klar zu werden. Dieser Zustand war ein Zeichen dafür, dass das Ende nahte. Es gab nichts mehr zu tun, außer zu sterben. Er nahm es sehr gelassen hin und wollte diese Welt so unbeschwert wie möglich verlassen.

Ein seltsames Gefühl sagte ihm, dass er, obwohl sein Magen rebellierte, nicht an Hunger sterben würde, sondern an seiner Hauptkrankheit, der Brust. Aus diesem Grund vergaß er fast seinen Magen. Die feinen Schmerzen, die sich in den ersten Tagen in seinen Rippen ausgebreitet hatten, waren nun völlig verschwunden. Jetzt hatte er nur noch seine Brust, seinen Husten und seine Schwäche. Mit jedem Schritt fühlte er sein Leben ein wenig mehr schwinden, und er suchte mit starrem Blick, als wollte er sehen, wie sein Atem in einzelnen Schüben aus seinem Munde kam, wie seine Seele in Stücken heraussprang und sich in der Luft auflöste.

Je schwächer er wurde, desto dringlicher wurde sein Bedürfnis, einen abgelegenen Ort zum Sterben zu finden. Er hatte nur eine Angst: Wenn er an einem belebten Ort, etwa an einer Straßenecke, zusammenbrechen würde, würden die Leute um ihn herumstehen, ihn schubsen, ihn wegbringen, ihn nicht in Ruhe sterben lassen. Er hatte Angst, im Sterben misshandelt zu werden.

Der Gedanke, dass ihm irgendwie geholfen und er gerettet werden könnte, war ihm so fern, und die Möglichkeit, dass es irgendjemanden auf der Welt geben könnte, der sich um ihn kümmern würde, war ihm so fremd, dass weder Hoffnung noch Wut seine schwere nervliche Anspannung während dieser endlosen Wanderung lindern konnten.

Da er in seinem Leben nichts als Einsamkeit gesehen hatte, war er sich seiner furchtbaren Einsamkeit nicht einmal bewusst. Er warf flache, gleichgültige und vielleicht etwas scheue Blicke auf die Menschen, die ihn umgaben, als ob sie irgendeine fremde Substanz, eine Wand, einen Baum oder einen Hund wären. Für ihn hatte der Tod nie etwas Außerordentliches an sich. Die Sache, die er von Kindheit an am häufigsten in seiner Umgebung gesehen hatte, war der Tod. Es gab jedoch eine Form des Todes, die ihm Gänsehaut bereitete, wann immer er darüber nachdachte. Er hatte oft gesehen, wie sich Raben tagsüber und Schakale nachts auf die toten Kühe, Pferde und anderen Tiere in seinem Dorf stürzten und wie am nächsten Tag nichts als ein paar rote Knochenstücke und einige Büschel Fell von den Kadavern übrigblieben. Ohne es zu merken, übernahm nun diese Angst die Kontrolle über ihn: Er glaubte, dass diese Menschen, von denen er nicht

wusste, wer oder was sie waren und die ihm so fremd
waren wie ein Schakal oder eine Krähe, ihn genauso
zerfetzen und unkenntlich machen könnten. Als er vor
der Tür, auf der er saß, aufstand, war es bereits tiefe
Nacht und die Dunkelheit hatte die unteren Teile der
Häuser eingehüllt. Etwas weiter oben, in Richtung der
Dächer, breitete sich allmählich das Licht aus.

Er ging ein paar Schritte. Aus einem der Häuser er-
tönte ein Lärm, aus einigen Straßen hörte er betrunke-
nes Geschrei und Hundegebell. Er ging mit gesenktem
Kopf. Wieder erhob sich eine hohe Mauer vor ihm. Als
er etwa fünfzehn bis zwanzig Schritte an der Mauer
entlang gegangen war, öffnete sich plötzlich der Weg
vor ihm. Er hielt inne, als hätte ihm jemand einen
Schlag auf die Stirn versetzt. Als er aufblickte, sah er
das Meer vor sich, ein paar Schritte vor ihm, das sich
bis zum Horizont erstreckte und sich sanft im Mondlicht kräuselte.

Es war eine wunderbare Nacht. Der Mond, der dop-
pelt so groß aussah wie sonst, schien von seinem Platz
gesprungen zu sein und sich der Erde und dem Meer
zu nähern. Auf den Ruinen der Mauern und auf den
Müllhaufen wiegten sich die frechen Pflanzen sanft
wie die Blumen eines Märchengartens. Die moosbe-
wachsenen Kieselsteine, die von den Wellen, die gelegentlich am Ufer leckten, benetzt wurden, sahen aus
wie Edelsteine, die verschiedene Farbspiele spielten.

Alles war halb betrunken, halb ohnmächtig. Trotz dieser Stille und Ohnmacht sprudelte das Leben aus allem heraus.

Er starrte eine Weile aufs Meer, eine Weile auf den Mond, und dann wurde ihm plötzlich klar, dass er nicht sterben wollte. Hier war es still und menschenleer. Er konnte sich in einer Ecke auf den Rücken legen, die blassen Sterne am Himmel betrachten und auf den nächsten Moment warten. Dennoch spürte er, dass seine schmerzende Brust nach einem tiefen, lebenswichtigen Atemzug verlangte.

Tränen schossen ihm in die Augen. Dieser Zustand, den er noch nie in seinem Leben erlebt hatte, erstaunte ihn. Bevor er weiter darüber nachdenken konnte, überkam ihn ein Husten, der seine Brust bedeckte und ihn für einige Minuten in eine seltsame und ungewohnte Traurigkeit versetzte. Seine Überzeugung, dass er sterben würde, wurde nicht erschüttert, aber es fühlte sich wie etwas Unvollständiges an.

Es fehlte etwas um ihn herum, versuchte zu denken: Eine Reihe von Gestalten ging ihm wie ein Nebel durch den Kopf, einige von Dorf, andere als seine Mutter zu erkennen, aber er konnte nichts vollständig ausmachen. Langsam setzte er sich auf einen Stein. Er wusste nicht, wie viel Zeit vergangen war, als sich eine Gestalt etwas weiter vor ihm bewegte. War sie schon immer dort gewesen oder hatte sie sich langsam angeschlichen? Während er darüber nachdachte, näherte sich eine schlanke Frauenfigur und blieb einen Schritt vor ihm stehen, ihren Blick auf sein Gesicht gerichtet.

Als der den Kopf hob, traf er zuerst auf die Augen der Frau vor ihm. Diese kleinen Punkte, deren Farben nicht klar waren, die aber in einem seltsamen Licht leuchteten, bewegten sich langsam über seinen Körper. Da der Mond hinter der Frau stand, blieb ihr Gesicht im Dunkeln.

Ihr Schatten fiel neben sein Knie. Ihre großen Hände baumelten schwer an den Enden ihrer dünnen Arme. An ihren nackten Füßen trug sie ungebundene Schuhe mit abgenutzten Absätzen, auf dem Rücken ein kurzes Gewand von unbestimmter Farbe, das nur auf der Brust von Schmutz und Flecken verdunkelt war.

Die Frau machte einen weiteren Schritt, setzte sich neben den Mann und wandte ihm mit einer bedeutungsvollen Hebung der Augenbrauen ihr Gesicht zu. Der Mann bewunderte dieses Gesicht, das nun vom Mondlicht voll erleuchtet wurde.

Auf diesem dunklen und öligen Gesicht haben die Pocken vielleicht ihren schlimmsten Schaden angerichtet. Tiefe Gruben verschmolzen an manchen Stellen und bedeckten große Flächen. Ihre Lippen waren in zwei dünne, weiße Linien gezogen und ein verschlagenes, falsches Lächeln, das den Furchen in ihrem Gesicht viele Falten hinzufügte, reichte bis unter ihre Augen. Der kranke Mann, der mit kurzen, erschöpften Atemzügen rang und sich mit den Händen an den Seiten festhielt, um nicht zusammenzubrechen, zitterte vor dem Lächeln dieser Frau. Tief in ihrem Innern schien sich eine Traurigkeit zu verbergen, die in krassem Gegensatz zu dem schrecklichen Lächeln auf ihrem Gesicht stand. Nur eines war ein wenig seltsam: Die tiefschwarzen Augen dieser Frau, deren Alter unmöglich zu schätzen war, leuchteten mit der Frische der Jugend und hafteten an ihm. Tief in ihnen schien ein Kummer verborgen zu sein, der einen krassen Gegensatz zu dem furchtbaren Lächeln auf ihrem Gesicht bildete.

Die Frau rückte ein Stück näher und sagte:

"Sprich schon!"

Sie sprach es mit brüchiger Stimme und einem deutlich bäuerlichen Dialekt.

Der junge Mann, der sich bemühte, sich zu sammeln, fragte nach einer kurzen Pause:

"Woher kommst du?"

"Was wolltest du jetzt machen?"

"Nichts!"

"Kommen Sie, gehen wir hier entlang."

"Warum?"

Die Frau antwortete mit erstaunlicher Selbstverständlichkeit:

"Dies ist ein sehr öffentlicher Ort. Jemand könnte uns sehen!"

Der Mann, dessen kurz aufblitzendes Interesse sofort wieder erlosch, grunzte mit einem knappen Achselzucken:

"Na los, geh deiner Arbeit nach!"

Die Frau lachte, als ob sie die Beleidigung nicht gehört hätte. Sie legte ein Bein über das andere und fragte mit einer unverschämten Haltung:

" Bist du mittellos?"

Sie machte mit dem Daumen und Zeigefinger ihrer rechten Hand das Zeichen für Geld.

Ein Lächeln huschte über das Gesicht des Mannes. Sie legte ihre Hand auf die Schulter des Kranken und fragte:

"Hast du nicht mal fünfzehn Groschen?"

Dann fügte sie hinzu, als wollte sie die Geringfügigkeit dieser Summe entschuldigen:

"Wir sind bescheiden..."

Der Mann antwortete mit heiserer Stimme:

"Geh doch weg!" und machte eine heftige Handbewegung.

Aber das stürzte ihn sofort in einen noch schlimmeren Hustenanfall als zuvor. Er sprang auf, krümmte sich, und seine Augen suchten die Dinge um ihn herum, als ob er Hilfe bräuchte. Er schien vergessen zu haben, dass die Frau noch da war. Nach vielleicht fünf Minuten dieses Anfalls brach er am Fuße des Steins zusammen, auf dem er eben noch gesessen hatte. Seine Augen waren stumpf geworden, sein Gesicht ausdruckslos und hängend, und an seinen Lippenwinkeln bildete sich blutiger Schaum.

Die Frau, die in der Zwischenzeit unschlüssig und stehend gewartet hatte, beugte sich langsam vor:

"Oh je, du bist ja krank!"

Die ausdruckslosen Augen des jungen Mannes blieben einen Moment auf ihr haften, dann sank sein Kopf langsam nach vorne.

Die Frau kniete nieder und murmelte:

"Was hast du? Warum hast du das nicht vorhergesagt! Steh auf, ich bring dich darüber, dann kannst du dich hinlegen und ausruhen!"

Dann fügte sie mit leiserer Stimme und kopfschüttelnd hinzu:

"Du musst wohl auch hungrig sein!"

Der Kranke sagte nichts, richtete den Kopf auf, als verrichte er eine schwere Arbeit. Als sich ihre Blicke trafen, legte sich ein friedvoller Ausdruck auf sein Gesicht. Die Traurigkeit, die er eben noch in ihren Augen gesehen hatte, hatte sich nun in ihr dunkles, von den Pocken gezeichnetes Gesicht und auf ihre dünnen, farblosen Lippen gelegt. Er versuchte sich zu bewegen.

Die Frau hielt ihn am Arm:

"Es ist nicht weit, gleich hier!"

Sie gingen etwa zehn Schritte. Die vier Wände eines abgebrannten Hauses kamen vor ihnen zum Vorschein. Sie stiegen die zwei Meter hohe Treppe der Tür hinauf, die nur noch ein leeres Loch war, und gingen hinein.

In einer Ecke dieser Mauerreste, von denen man das Meer durch die großen Steinfenster sehen konnte und die kein Dach hatten, war ein Sack gespannt, etwa einen Meter über dem Boden. Darunter stand eine kleine Kanne, es gab einen Haufen Lumpen, die wie eine Decke aussahen, und eine an einigen Stellen zerrissene Ziegenfelldecke, die auf etwas Stroh ausgebreitet war.

In einer zwischen die Steine der Mauer gesteckten Latte hing ein abgenutzter Korb. Die Frau legte den Kranken rücklings auf die Ziegenfelldecke, nahm den Korb von der Wand, holte einige Stücke trockenes Brot heraus und sagte:

"Iss mal!"

Der Mann hob die Augenbrauen.

Die Frau fragte:

"Wie viele Tage ist es her, dass du nichts gegessen hast?"

Der Mann zeigte mit seinen Fingern auf drei.

"Dann warte, ich werde dir etwas Warmes kochen."

Die Frau ging zur gegenüberliegenden Ecke der Mauer und entzündete ein Feuer mit einigen Spänen. Sie kochte ein wenig Wasser in einem krummen und deckellosen Teekessel. Nachdem sie lange in ihrem

Korb gewühlt und drei Stück Zucker gefunden hatte, warf sie diese in das Wasser und rührte sie um. Schluck für Schluck gab sie dem jungen Mann den süßen, heißen Tee.

Die heiße Flüssigkeit, die langsam seinen Hals hinunter rann, schien die Wunden zwischen seinen Rippen zu verbrennen, und der kontinuierliche stechende Schmerz verringerte sich bei jedem Schluck. Nachdem er den Tee getrunken hatte, glitt er langsam zurück und legte sich hin. Das Gras unter ihm raschelte, als er sich bewegte. Die Frau schob die Lumpen, die in der Ecke lagen, unter seinen Kopf.

Nachdem der junge Mann eine Weile mit geschlossenen Augen in dieser Position gelegen hatte, schien er das Bewusstsein zu verlieren, sprang aber plötzlich mit einem brennenden Gefühl in seiner Brust und hustete heftig auf.

Die Frau versuchte, seine zuckenden Arme zu halten, schaute mit verwirrten Augen um sich und murmelte immer wieder:

"Meine Güte!... Was sollen wir nur tun?"

Bis zum Morgengrauen wiederholten sich diese Anfälle mehrmals. Jedes Mal fing die Frau seinen schwankenden Kopf auf, wischte die Schweißperlen von seiner Stirn, gab ihm ein paar Schlucke vom immer noch warmen, süßen Tee und legte seinen Kopf sanft auf die Lumpen, wenn der Anfall vorüber war.

Der Mond zog seinen Schleier der falschen Schönheit über alles und näherte sich dem westlichen Hügel, während die Gipfel der gegenüberliegenden Berge in ein sanftes rosa Licht getaucht wurden.

Lange Zeit lag der junge Kranke auf dem Rücken, starrte ausdruckslos auf die verblassenden und immer noch wackelnden Sterne am Himmel und wartete voller Angst darauf, dass ihn wieder ein Anfall ereilen würde. Schließlich schloss er seine Augen und schien von einer ungeheuren Erschöpfung überwältigt zu sein.

Aber nach einer Weile kam er mit einem seltsamen Gefühl zu sich. Zuerst wollte er mit geschlossenen Augen verstehen, was los war: Tropfen fielen in kurzen Abständen auf sein Gesicht. Er öffnete leicht seine Augen. Ein süßes Frösteln breitete sich durch seinen ganzen Körper aus. Die Frau, deren Gesicht im Halbdunkel kaum zu erkennen war, beugte sich über ihn, weinte lautlos und zuckte nur gelegentlich mit einem Schluchzen, das sie in ihrer Brust zu ersticken versuchte. Der junge Mann hörte ein menschliches Herz heftig über seinem Kopf schlagen. Er öffnete seine Augen ganz und sah nach oben. Das braune, fettige, pockennarbige Gesicht der Frau erschien ihm zum Küssen schön.

Auf diesem Gesicht sah er Spuren einer Zuneigung, die er noch nie bei einem Menschen gesehen hatte, eine Zuneigung, die an eine Schwester, eine Mutter, eine Geliebte erinnerte.

Diese Frau, die so elende, bittere Tränen vergießen konnte, indem sie sich über einen Menschen beugte, von dem sie nicht wusste, was er war, wer er war, erschien ihr wie ein wunderbares Geschöpf. Als sich ihre Blicke trafen, schien sie zu lächeln, aber dahinter war ihr üblicher junger und trauriger Ausdruck.

Der Mann spürte, wie er in eine Schwäche verfiel, die er nicht verstand. Er nahm ihre knochigen, großen und festen Finger in seine Hände und zog sie an seine Brust. Er schloss die Augen und schlief unter den noch immer auf sein Gesicht fallenden warmen Tränen zum ersten Mal seit Jahren einen ruhigen und süßen Schlaf.

Die Schönheitskönigin von Konstanz

Ich war gerade in Berlin angekommen, eine Stadt, die ich seit vier Jahren nicht mehr gesehen hatte. Die meiste Zeit hatte ich in Dörfern mit Lehmhäusern verbracht, in Städten an der Mittelmeerküste, wo die heiße Sonne auf das klare blaue Meer traf, und manchmal ritt ich auf einem alten Pferd auf Heidewegen von Dorf zu Dorf. Nach diesen vier Jahren erschien mir Berlin wie ein Ort, den ich noch nie zuvor gesehen hatte.

Auf den Treppen des Bahnhofs, auf dem ich in der Dämmerung ankam, fühlten sich meine Füße und meine Augen in dem grellen Licht der Fenster eines großen Casinos, das mir gegenüber lag, fremd an. Kaum hatte ich meine Sachen in einem Hotel abgelegt, stürzte ich, ohne mich umzuziehen, auf die Straße und begann langsam zu gehen. Aber die Häuser um mich herum schienen zum Leben zu erwachen und sich auf mich stürzen zu wollen; Straßenbahnen, Busse, eilige Menschen begannen alle auf einmal auf mich zuzustürmen. Ich suchte nach einem Ort zum Fliehen.

Der Geruch der Menschenmenge und der Lärm der Leute, die aus den Casinos kamen, die ich betreten wollte, warfen mich zurück. In den Lokalen, die ich betrat, schien ich wieder diese Lebendigkeit in allem zu sehen, die mir zu lief. Ich dachte, die Tänzer würden sich um mich drehen. Die matten Kronleuchter an der Decke kamen näher und entfernten sich. Als ich hinausstürmte, blieben die Kellner stehen und sahen mich an.

Die große Stadt umgab mich. Wenn ich mich noch länger in ihrem Bauch aufhielt, an den ich schon lange nicht mehr gewöhnt war, würde ich ersticken. Ich sprang in den ersten Bus, der ankam, und fuhr in eine beliebige Richtung. Da es leicht regnete, war in der oberen Etage des Busses niemand zu finden. Ich ging hinauf und setzte mich auf die feuchten gummierten Sitze und schien mich ein wenig zu erholen.

Unten auf dem Bürgersteig liefen immer noch Menschen. Die Gebäude auf beiden Seiten waren hinter elektrischen Reklamen versteckt. Lichter, die aus den Fenstern der dunklen Häuser sprangen, hafteten an den Bäumen entlang der Straße. Ich streckte meine

Hand zu den Ästen dieser Bäume aus, die über meinem Kopf schwankten und sich aneinanderreihten. Die Blätter benetzten meine Finger. Eine Kühle breitete sich über meinen ganzen Körper aus. Dann merkte ich, wie ich wie Feuer brannte.

Der Bus fuhr auf immer einsameren Straßen und erhöhte seine Geschwindigkeit im Verhältnis zur Trostlosigkeit der Straße. Ich hatte kein bestimmtes Ziel, ich wollte nur weg, weg von dieser Stadt, die mich plötzlich berauscht hatte und mich wie ein großes lebendes Wesen in ihre Klauen nehmen wollte. Als ich mich vom Zentrum Berlins entfernte und in die Randbezirke kam, endeten die asphaltierten Straßen und der Gehweg begann. Der Bus fuhr leicht ruckelnd vorwärts.

An einer Ecke hielten wir an, der Fahrkartenverkäufer kam und sagte uns, dass wir nicht mehr weiterfahren könnten. Ich stieg aus und sah mich um, ich erkannte keinen der Orte. Ich wusste nur, dass wir in den Süden der Stadt fuhren, das war alles. Zu beiden Seiten standen hohe Gebäude mit geraden Fassaden. Während der Bus zurückfuhr, lief ich umher und hörte plötzlich in der Ferne Musik.

Es war nicht der Klang eines Klaviers oder der Hausmusik, der von Zeit zu Zeit aus irgendeinem Fenster in Berlin auf die Straße schallte. Hier musste es ein Lokal mit Musik geben. Ich suchte sie mit den Augen ab, nicht um hineinzugehen, sondern um an ihr vorbeizugehen.

Dann sah ich auf der anderen Straßenseite und in einiger Entfernung einen Ort mit Lichtern, die auf die Straße schienen.

Es war ein Keller. Nachdem man vier Stufen hinuntergestiegen war, gab es eine niedrige Tür. Mit der Neugier, die ich in diesem Moment verspürte, stieg ich die Treppe hinunter, stieß die Tür auf und ging hinein.

Der Geruch von Schnaps und feuchter Luft schlug mir ins Gesicht. Männer mit roten Gesichtern saßen an Tischen, die an den Rändern einer vertieften Halle verstreut waren, und hoben gelegentlich große Biergläser. In einer Ecke, hoch oben in der Luft, spielte eine vierköpfige Band (ein Klavier, ein Cello, eine Geige und eine Trommel) die ewigen Melodien, die sich an solchen musikalischen Orten nie ändern.

Ich ging zu einem leeren Tisch in der Nähe der Tür und setzte mich. Als ich eintrat, sah ich keine Garderobe, also legte ich meinen Hut und einige Zeitungen auf einen Stuhl. Man brachte mir ein Glas Bier. Ich begann, mich umzusehen. An Tischen mit blau karierten Tüchern saßen Menschen, meist Arbeiter, die schnell sprachen.

Gelegentlich spielte die Musik einen sechzig Jahre alten Walzer, und stämmige Männer hoben eine der betrunkenen Frauen an ihrem Tisch auf und begannen auf und ab zu springen. Die Frauen, die einen Ausdruck von Langeweile und Verkommenheit auf ihren Gesichtern trugen, lächelten die Nachtschwärmer an, die ihnen auf die Füße traten.

Nach dem Tanz führte der dunkelhaarige Mann, der Cello spielte, seine Kunst am Klavier vor. Dann präsentierten die nicht mehr ganz so unerfahrenen Hände nacheinander die Stücke, die hier das höchste Niveau der Musik ausmachten.

Dieses "Barkarole", dieses "Nocturne", diese "Ungarische Rhapsodie" und "Karmen"... und der feierliche Ausdruck, der auf den Gesichtern derer lag, die sie spielten, hätte mich vertrieben. Doch in diesem Moment trat ein fremder Mann ein.

Zuerst öffnete sich die Tür leicht und zwei hellblaue Augen wanderten durch den Saal. Dann schlich sich mit zaghaften Schritten ein kleiner, dünner Körper herein. Seine ängstlichen Augen schweiften umher, als ob sein Blick die Anwesenden verletzen würde, und er wagte nicht, sich zu setzen. Ich nahm meinen Hut und meine Zeitungen vom Stuhl neben mir. Als er das sah, bedankte er und setzte sich neben mich.

Aus der Nähe wirkte er ziemlich alt. Die Ecken ihrer Augen waren faltig. Sein schlanker Hals hatte Falten, die bis in den Nacken reichten, und seine Ohrläppchen waren behaart. Als sein Blick auf mich fiel, grinste er, als wolle er sich bei mir bedanken, und seine gelben Zähne waren zwischen seinen dünnen Lippen zu sehen. Seine Augen leuchteten kurz auf, als sie in das Innere des Lokals blickten. Ich schaute in diese Richtung, eine große Frau kam auf uns zu.

Als sie sich uns näherte, grüßte sie ihn auf Deutsch: "Herzlich willkommen, Gravila!" Dann sprachen sie in einer Sprache, die ich nicht verstand. Die Frau zog einen Stuhl heran, setzte sich und redete weiter. Dass sie sich nicht über ein bestimmtes Thema unterhielten, merkte ich daran, dass sie immer mal wieder das Gespräch zu unterbrechen schienen.

Es lag eine seltsame Melancholie in der Haltung der Frau, die ihr ohnehin schon schönes Gesicht noch attraktiver machte. Aber das, ähnelte der Außenansicht alter und verfallener Schlösser und es hatte etwas von einem unheimlichen Glamour. Ihr Lachen brachte einen nicht dazu, mit ihr zu lachen, sondern vielleicht den Blick abzuwenden oder gar wegzuschauen. Es war, als ob sich hinter diesem Lächeln etwas verbarg.

All diese Dinge zusammengenommen fesselten einen an ihr Schicksal. Ich wartete schon mit einer kaum zu zügelnder Neugier auf den Moment Ihres Aufbruchs. Ich würde sofort anfangen, den Menschen neben mir zu fragen.

Er aber reckte seinen dünnen Hals vor und klammerte sich mit den Augen an die Frau vor ihm, als wolle er sie möglichst eine Ewigkeit lang nicht verlassen.

Er schüttelte sich manchmal, als würde er jedes ihrer Worte in sich aufsaugen, und diese Worte drangen wie eine heftige Flüssigkeit in seinen Körper ein.

Nach einer Weile richtete sich die Frau auf. Nachdem sie dem Mann neben mir die Hand auf die Schulter geschlagen hatte, ging sie mit schweren, aber harmonischen Schritten davon. In diesem Moment wurde der süße und flehende Blick in den Augen des Mannes durch eine flammende Leidenschaft ersetzt. Ich erschauerte. Noch nie hatte ich einen Mann gesehen, der eine Frau so willig, so wahnsinnig, so verzweifelt ansah. Ich traute mich nicht, ihn etwas zu fragen.

Die Frau setzte sich zu einigen älteren und beleibteren Männern. Ihr Auftreten deutete darauf hin, dass es sich um mittelmäßige Handwerker handelte, die für eine Nacht von zu Hause weg waren. Ab und an, wenn sie die Frau neben sich vergaßen, gerieten sie in einen Streit und die Frau schlief ein. Der Mann neben mir hatte immer noch seine Augen auf sie gerichtet. Langsam bot ich ihm etwas zu trinken an.

Sein Blick, der immer Danke sagen wollte, sah mich an:

"Ich trinke Wein..."sagte er.

Ich rief den Kellner und bat ihn, Wein für den Mann neben mir zu bringen. Er schaute ihn mit vertrauten

Augen an, und wenn ich mich nicht täuschte, schien er zu lächeln. Es war kein sehr angenehmes Lächeln für mich.

Der Mann neben mir schenkte sich ein Glas ein, trank es in einem Zug aus, sagte dann mit einem geistreichen Blick:

"'Die kennen mich hier', sagte er und fügte hinzu: "Er lacht, weil ich wieder jemanden gefunden habe, der für mich Wein ausgibt!"

Ich sah ihn erstaunt an.

"Es gibt nicht immer jemanden wie sie...", sagte er.

"Ich sitze die ganze Nacht ohne etwas zu trinken da, und der Wirt wird wütend..."

Dann nahm er noch einen Schluck von dem Wein, der seine Augen trübte:

"Marina könnte mir auch etwas zu trinken kaufen, aber sie will nicht, dass ich mich betrinke. Dann hätte sie nämlich Probleme, mich nach Hause zu bringen. Sein Blick wanderte wieder zu ihr und entflammte wie zuvor.

Ich dachte, es sei an der Zeit zu fragen:

"Ist sie Ihre Freundin?"

"Ja!" sagte er.

In diesem Ja schien aber etwas Verborgenes zu liegen, das ich nicht verstehen konnte. Ich schaute in sein Gesicht. Ich sah ihn an.

"Wir sind Rumänen", sagt er. "Und seit sechs Jahren

sind wir zusammen..."

Zu diesem Zeitpunkt fühlte ich eine Art Ablehnung, die sich einstellt, wenn man mit einem gewöhnlichen Fall konfrontiert wird. Als ich jedoch an ihr Verhalten zueinander dachte, wurde mir klar, dass hinter dieser Banalität weitere, unverständliche und düstere Aspekte verborgen sein mussten, was meine Neugier noch mehr weckte.

Der Mann neben mir hatte bereits die zweite Flasche angefangen. Der Nebel hüllte den Saal mehr und mehr ein. Die Tische leerten sich, und auf den Gesichtern der Frauen zeigte sich eine zunehmend deutliche Erschöpfung. Sie mussten sich selbst wachrütteln, um nicht an den Tischen einzuschlafen.

Der Mann an der Theke saß auf der einen Seite, das Kinn auf die Hand gestützt, und war in Gedanken versunken. Die Geige spielte zum hundertsten Mal "Toselli Serenade", und der Pianist warf den Kopf zurück und versuchte, den Enthusiasmus vom ersten Mal, als er dieses Stück spielte, wiederzufinden.

Der Mann, der die zweite Flasche schon zur Hälfte geleert hatte, legte seine Hand auf meine Schulter:

"Sie sind eine merkwürdige Person!" sagte er. "Sie sprechen nicht, Sie Fragen nicht. Aber Sie haben so eine Art, dass Sie alles zu verstehen scheinen."

Er griff mit der Hand an seinen Kragen und schob die Weinflasche. Er wollte etwas sagen.

Er ergriff meine Hand auf dem Tisch:

"Ich kann es nicht mehr ertragen..." sagte er.

"Ich halte es nicht mehr aus ...", sagte er. "Ich halte es nicht mehr aus. Sagen Sie mir... Was soll ich tun?"

Ich zog meine Hand zurück. Er schien sich zu sammeln und schaute vor sich hin.

Dann sagte er mit leiser Stimme:

"Verzeih sie mir... Verzeih sie mir. Oh meine Güte, wie sehr ich Sie belästige...", flehte er.

Ich beruhigte ihn:

"Erzähl sie mir", sagte ich, "ich werde ihnen mit Interesse zuhören!"

"Ach!... Nicht mit Interesse... Hören Sie mir mit Verständnis zu... Haben Sie Erbarmen mit mir. Aachhh!..." stöhnte er.

Dann begann er plötzlich, ohne jede Einleitung, zu erzählen:

"Vor acht Jahren... Ich studierte an der Universität von Bukarest, ich wollte Zahnarzt werden. Mein Vater war Arzt in Konstanz. Seine Situation war nicht schlecht. Er konnte mir ein fröhliches Studentenleben bieten. Ich weiß nicht, ob Sie schon einmal dort waren, aber Bukarest ist die fröhlichste Stadt der Welt, die Universität Bukarest ist die fröhlichste Schule der Welt... Und ich war der fröhlichste Student dort... Vielleicht auch der frechste Student. Ich hatte auch einen besonderen Einfluss auf die Frauen. Ich verstand es, ihnen das Gefühl zu geben, dass ich ihnen nicht gleichgültig war. Ich sprang von einer zur anderen, so selbstverständlich wie ein Zug, der viele Stationen hinter sich lässt.

Aber als ich in meinem letzten Jahr war, gelang es einem kleinen Mädchen aus Bessarabien, mich an sich zu binden. Wir zogen sogar in dieselbe Pension, sie war ein sehr kokettes Geschöpf. Sie wusste nicht, was Leid auf der Welt ist. Nachdem wir ein paar Monate zusammengelebt hatten, kam der Winter. Ich ging nach Konstanz. Wir trennten uns, ohne eine Spur von Kummer. Ich würde in fünfzehn Tagen zurückkehren.

Ich kam mittags in Konstanz an. Kaum war ich aus dem Zug ausgestiegen, begegnete ich einer dicht gedrängten Parade. Ich blieb stehen und beobachtete sie. Ein mit Blumen geschmückter Lastwagen fuhr zwischen vielen Menschen hindurch, und in ihm stand ein junges Mädchen in weißen Kleidern, fast noch ein Kind, und grüßte die Leute. Auf dem Kopf trug sie eine Krone aus Geißblatt.

Ich fragte die Leute neben mir.

"Die Schönheitskönigin von Konstanz!", sagten sie; Da die erste Wahl der Königin in diesem Jahr stattfand, waren die Leute sehr begeistert, und ganz Konstanz war seit gestern Abend auf den Beinen.

Ich sah das Mädchen im Fahrzeug an, ihr Gesicht war ein wenig müde, ein wenig überrascht und ein wenig glücklich. Nachdem die Parade vorbei war, ging ich nach Hause. An diesem Abend gab es einen Ball zu Ehren der Königin. Meine Freunde wollten, dass ich auf jeden Fall komme. Ich sagte ihnen, ich sei müde und so weiter, aber sie bestanden darauf.

Wissen Sie, eine Entscheidung, die in einer Minute oder sogar in einer Sekunde getroffen wird, ein Moment des Zögerns, kann unendliche Folgen für das Leben eines Menschen haben. Wäre ich an jenem Tag nicht auf den Ball gegangen, hätte ich das nicht allzu starke Drängen meiner Freunde mit einiger Kraft zurückgewiesen, wer weiß, welche Richtung mein Leben genommen hätte.

Ich ging an jenem Abend auf den Ball, und es herrschte ein großes Gedränge. Die Königin wurde bei jedem Tanz in den Armen eines anderen jungen Mannes gesehen. Sie ging mehrere Male an mir vorbei. Ihr Gesicht war ein wenig müde, ein wenig verwirrt und ein wenig glücklich, wie schon am Tag zuvor. Später ging ich zum Buffet. Jemand zog mich von hinten. Ich drehte mich um: einer meiner Freunde. Neben ihm stand die Königin.

Sie stellte uns vor und sagte dann:

"Würden sie einem Studenten aus Bukarest nicht einen Tanz schenken?"

Ich fing an, mich zu drehen, und das war das erste Mal, dass ich diese Frau mit Aufmerksamkeit betrachtete. Meine Füße schienen zu wandern, und etwas in mir, eine entfernte Ahnung, schien zu zerbrechen. Ihre Augen waren auch auf mich gerichtet. Ich hatte nicht die Kraft, etwas zu sagen, und kämpfte darum, meine Fassung wiederzuerlangen, bis der Tanz zu Ende war.

Wir trennten uns ohne ein Wort. Aber während der folgenden Tänze erfuhr ich, dass ihr Name Marina war. Sie wurde zur Schönheitskönigin gewählt, während sie in einem Einkaufsladen arbeitete, und diese zwei Tage der Müdigkeit sie dazu gebracht hatten, über sich selbst nachzudenken, weil sie morgen wieder anfangen würde zu arbeiten.

Sie sah aus, als wolle sie aus diesem süßen, aber unaufhörlichen Traum aufwachen. Dieser Zustand zog mich näher zu ihr hin. Wahrscheinlich, weil ich noch nie solche natürlichen Geschöpfe um mich herum gesehen hatte, erschien mir dieses Mädchen wie eine warme und ruhige Ecke. Im Laufe der nächsten Tage gab ich das Versprechen, sie wiederzusehen.

Warum diese Worte in die Länge ziehen, mein Herr!... Kurzum, ich sah sie nach dieser Nacht jeden Tag. Die fünfzehn Tage, die ich in Konstanz verbrachte, vergingen wie eine Stunde. Oh, wie sehr bewahre ich die Erinnerung an diese fünfzehn Tage in meinem Herzen... In jenen Tagen dachte ich, dass ich die ganze Welt mit einem Finger bewegen könnte. In jenen Tagen war für mich alles möglich.

Wenn das ganze Universum und Millionen von Lebensjahren keinen Sinn hatte, so dachte ich, dass diese fünfzehn Tage ihnen einen Sinn geben könnten. Wir gingen Seite an Seite am Strand spazieren und sahen uns einfach nur an und lächelten. Wir liefen in unseren Mänteln, wo die Wellen die Strände leckten und der Wind zirkulierte, und küssten uns auf die von der Kälte geröteten Wangen. Aber die fünfzehn Tage vergingen sehr schnell.

Es war Zeit, nach Bukarest zurückzukehren. Ich hatte versprochen, sie zu heiraten, aber ich konnte es meinen Eltern auf keinen Fall sagen. Es wäre ein Risiko gewesen, ein Mädchen zu erwähnen, dass zuerst Verkäuferin in einem Laden und dann Schönheitskönigin war, ein Titel, der ausreichte, um sie in bürgerlichen Kreisen zu exkommunizieren. Ich sagte ihr, dass ich sie abholen würde, sobald ich mit der Schule fertig sei, dass ich dann unabhängig sei und man niemanden mehr Fragen müsse. Es war nicht richtig, dass sie zum Bahnhof kam, also haben wir uns am Vortag verabschiedet.

Dieser Moment steht mir noch vor Augen. Nachdem wir uns umarmt und vielleicht eine halbe Stunde lang geweint hatten, rief sie mir beim Weggehen noch nach. Mit einer ernsten Stimme, die ich bis dahin nicht von ihr gehört hatte:

"Trenn dich ja nicht von mir... Es wird mir sonst furchtbar schlecht gehen, Gravila!", sagte sie.

Ich hatte nie an den Schrecken dieser Warnung gedacht. Aber was wusste ich schon... Wie hätte ich wissen können, dass sie sich so heftig bewahrheiten würde?"

Gravila hielt einen Moment inne. Er wandte seinen Blick zu der Frau, die in der hinteren Ecke döste, dann griff er nach dem Weinglas und trank es aus. Weintropfen tropften von seinem rasierten Kinn auf sein schmutziges Hemd.

Nachdem er so getan hatte, als würde er sie mit seiner Hand abwischen, fuhr er fort:

"Nachdem ich nach Bukarest zurückgekehrt war, tauschten wir mehrere Monate lang Briefe aus, und jeder Brief von ihr war leidenschaftlicher. Aber ich, in der fröhlichsten Stadt der Welt und unter den fröhlichsten Menschen der Welt, konnte mich nicht so sehr an die Schönheitskönigin von Konstanz erinnern, wie ich es hätte tun sollen.

Aus meinen letzten Briefen dachte ich, dass sie dies gespürt haben musste, und wurde traurig. Aber sie schrieb nie etwas, das dies andeuten könnte. Meine Briefe wurden immer unregelmäßiger. Der Unterricht und die Freunde hielten mich sehr auf Trab, und die kleine Bessarabierin, mit dem wir wieder in dieselbe Pension gezogen waren, war unausstehlich.

Ich dachte, auch sie hätte angefangen, mich zu vergessen, denn nachdem ich drei Briefe hintereinander unbeantwortet gelassen hatte, hatte auch sie aufgehört zu schreiben. Ich vergrub dieses Abenteuer unter anderen Erinnerungen, aber ich hatte fast Angst, daran zu denken, obwohl mir die Erinnerung daran wie eine schöne Sache vorkam.

Die Universität war vorbei. Ich kam hierher nach Deutschland, ohne Konstanz jemals besucht zu haben, um meinem Vater und meiner Mutter, die zu dieser Zeit in Bukarest angekommen waren, eine Freude zu machen. Ich wollte in meinem Beruf vorankommen. Die fröhlichen und angenehmen Tage begannen wieder und dauerten anderthalb Jahre lang. Dann kehrte ich nach Rumänien zurück und ging nach Konstanz, um das Geld zu besorgen, das ich für die Eröffnung eines Kabinetts benötigte.

In der Zwischenzeit erzählte mir ein Freund, bei dem ich mich ängstlich nach der Schönheitskönigin erkundigt hatte, dass sie plötzlich vor langer Zeit verschwunden war.

Oh, sagte ich, das Schicksal wollte, dass wir getrennte Wege gehen, was können wir tun? Aber wie falsch ich lag. Ach, Sir, wenn Sie wüssten, wie sehr ich mich geirrt habe.

Aber ich langweile Sie, nicht wahr? Verzeihen Sie mir, ich komme zum Schluss... Ja, als ich mit dem

Geld meines Vaters nach Bukarest zurückkehrte, gingen einige von uns in einen Musiksaal.

Dort sah ich sie, am Tisch einiger betrunkener Studenten. Ihre Brust war offen und sie war sturzbetrunken. Sie erkannte mich von Weitem nicht. Als ich mich ihr näherte, richtete sie sich lachend auf. Dann zogen sich plötzlich ihre Augenbrauen zusammen. Ihre Augen verschwammen, als würde ihr betrunkener Geist von vielen Erinnerungen heimgesucht, und sie stieß mich mit der Hand an die Brust und taumelte davon; sie wurde an diesem Abend nie wieder in der Halle gesehen.

Ich war am Boden zerstört. Da ich es nicht lange aushielt, ging ich zurück ins Bett und lief am nächsten Abend früh in denselben Musiksaal. Sie war da, als wüsste sie, dass ich kommen würde, und ging auf mich zu, ohne sich zu wundern. Sie setzten sich an meinen Tisch. Wir sprachen über dies und das. Aber mit keinem Wort erwähnte sie ihre eigene Situation oder die alten Zeiten. Als ich das Thema eröffnen wollte, brachte sie mich mit einer strengen Miene zum Schweigen und sagte:

"Ich habe alle vergangenen Tage vergessen. Ich erinnere mich an nichts!"

Ich begann, jeden Abend dorthin zu gehen, und jeden Abend wiederholten sich diese sinnlosen Gespräche zwischen uns. Sie redete mit mir wie ein Freund, trank mit mir, tanzte mit mir, aber die alte Sache ließ sie mich nicht mehr angehen, kein einziges Wort.

Ich spürte, wie ich mich wieder wahnsinnig in sie verliebte. Ich zappelte, wie ein Mann, der am Rande einer Klippe stand und zu stürzen drohte.

Mit einer letzten Hoffnung bat ich sie, diesen Ort zu verlassen und zu mir zu kommen; sie lachte nur, sie lachte bitterlich.

Von da an wurde das Leben für mich unerträglich. Marina blieb nicht mehr an einem Ort, sie reiste in verschiedene Städte und Länder. Ich ließ alles stehen und liegen und begann mit ihr zu reisen. Sie hatte damit keine Probleme.

Sie hat sich sogar für mich interessiert. Und sie half mir. Aber sonst nichts... Es war, als wäre sie kein Wesen aus Fleisch, Knochen und Sehnen. Es war, als wäre sie eine Murmel, ein Stein oder ein Toter.

Weder meine Schreie noch meine selbstzerstörerischen Versuche, die Vergangenheit zu reparieren, halfen. Seit sechs Jahren dauert dieses Leben, dieses höllische Leben nun schon an. In diesen sechs Jahren habe ich nicht ein einziges Mal erlebt, dass sich ihr Herz mir gegenüber erweicht hat.

Wie Sie gerade gesehen haben, ist sie sehr interessiert und freundlich zu mir. Aber das ist alles. Wenn sie ihr Herz einmal verschlossen hat, öffnet sie es nie wieder.

Wir halten uns an denselben Orten auf, manchmal sogar im selben Zimmer. Sie versteht es, eine unsichtbare, kalte Mauer zwischen uns zu errichten.

Ich möchte, dass sie wütend auf mich ist, mich beleidigt, mich schlägt. Ich bin bereit, alles zu tun, sogar mich zu töten. Nur diese überwältigende Distanz, die zwischen uns steht, sie sollte ein wenig abnehmen. Es gab Zeiten, in denen ich dachte, dass ich sie nicht mehr aushalte, dass ich dieses Leben nicht mehr ertragen kann.

Dann wollte ich dem Ganzen ein Ende setzen, aber die Hoffnung band mir die Hände. Manchmal war ich tagelang verschwunden, ich wollte, dass sie denkt, ich hätte sie verlassen, sodass sie einen anderen Mann findet. An diesen Tagen beobachtete ich sie immer aus der Ferne.

Wenn ich einen Mann bei ihr sehen würde, wenn ich sehen würde, wie sie mit einem anderen Mann das Haus betritt, oder wenn ich sehen würde, wie sie zu einem anderen Mann geht, wäre ich sofort gerettet, ich würde sie und mich umbringen und diesen unerträglichen Qualen ein Ende setzen. Aber nicht ein einziges Mal, Herr, nicht ein einziges Mal habe ich sie mit einem anderen Mann gesehen.

Das hat mich wirklich zerstört... Zu wissen, dass sie mich geliebt hat, dass sie mich immer noch liebt, dass sie mich wahnsinnig liebt, dass sie nie einen anderen als mich lieben kann... Aber der Gedanke, dass man nicht vergessen kann, was einmal passiert ist, dass ein Leben nur dafür die unerträglichste Folter der Welt für uns beide ist... Oh... wenn Sie nur wüssten, wie sehr sie mich liebt. Das ist mir klar. Ihnen nicht? Sehen Sie nicht, wie sehr sie sich quält? Was soll ich tun, Herr, was soll ich tun?"

Tränen strömten aus seinen hellblauen Augen.

Es schien niemand mehr drinnen zu sein. Marina kam langsam näher. Nachdem sie mich mit ihren schweigsamen Augen gemustert hatte, packte sie ihn an den Schultern und schüttelte ihn:

"Steh auf, Gravila, du bist wieder betrunken. Wie sollen wir jetzt nach Hause kommen?"

Wie festgenagelt blickte sie den Mann an, dessen Kopf vom Weinen schüttelte und von einem unbegreiflichen Licht durchleuchtet war, von einem Glanz, der einer geheimen Zuneigung glich. Für einen Moment erschien ein Hauch von Süße in ihrem Gesicht, als würde sie ihn umarmen. Aber sie war schnell wieder verschwunden. Jetzt war auf diesem Gesicht nichts anderes zu sehen als die erschütternde Melancholie, die ich zuvor gesehen hatte.

Meine Güte, diese Frau litt so sehr.

Ich spürte, dass ich keine Kraft mehr hatte, diese Szene noch länger mit anzusehen, und sprang von meinem Sitz auf.

Mit einem flüchtigen Abschiedsgruß warf ich mich hinaus. Der Morgen näherte sich. Ich begann in einem Nebel zu laufen, der meinem Kopf Kühle verlieh.

Die große Stadt schlief in all ihrer Komplexität und Unendlichkeit still und leise und verbarg in ihrem Schoß Millionen von Menschen und Abenteuern, die einander nicht ähnelten. Selbst für eine Vorstellungskraft, die über die dunklen Steinmauern hinausging, war dieser Gedanke erschreckend. Aber war das menschliche Herz nicht noch komplexer und unendlicher als diese Stadt?

-    **Madonna im Pelzmantel**   -
Literaturklassiker in neuer Übersetzung
von Ince – 2023

Übersetzung ins Deutsche, die der Schreibweise der Lyrik und Prosa von Sabahattin Ali im Original entspricht.

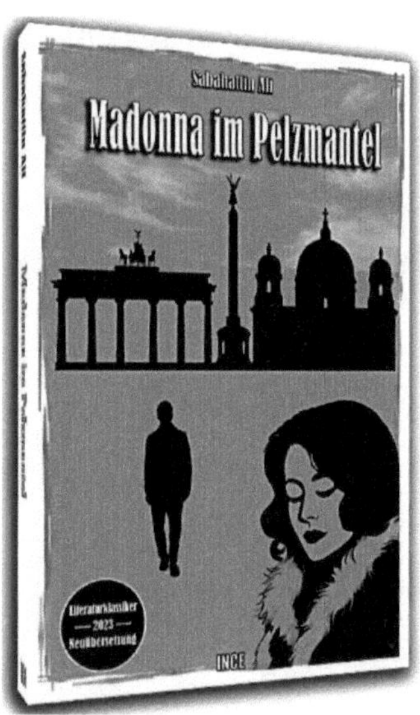

Im Berlin der 1920er-Jahre lernt Raif, ein introvertierter, sensibler junger Mann, eine Künstlerin namens Maria kennen, die sich durch ihren Intellekt, ihre Unabhängigkeit und ihre unerschütterliche Entschlossenheit von ihren Zeitgenossen abhebt. Es beginnt ein intimer Tanz zwischen Liebe und Selbstfindung in einer Zeit voller Veränderungen.

"Madonna im Pelzmantel" ist ein Meisterwerk der klassischen Literatur, dass seit Jahrzehnten Leserinnen und Leser auf der ganzen Welt in seinen Bann zieht.

Sabahattin Ali entfaltet ein lebendiges Panorama des Lebens in der Türkei der 1930er Jahre und erforscht dabei Themen wie Liebe, Verrat und die Suche nach persönlicher Identität. Dieser Roman ist nicht nur eine ergreifende Liebesgeschichte, sondern auch ein scharfsinniger Kommentar zu den politischen und sozialen Herausforderungen seiner Zeit, der auch heute noch relevant ist. Mit seiner eindrucksvollen Erzählkunst ist "Der Teufel in uns" ein Juwel der türkischen Literatur, dass die Leser zum Nachdenken anregt und tief in ihren Herzen berührt.

"Seine prägnante Sprache und lebendigen Charaktere machen das Buch zu einem unvergesslichen Leseerlebnis."